Comezón cerebral

JUAN PIMPINELO

ISBN:
9798846455405

A todos mis ratones, palomas y gatos

CONTENIDO

CRISIS DEL SÁBADO POR LA TARDE

Juan Pimpinelo vivía en el *pent-house* de un edificio abandonado. Este era uno de los lujos que su modesta personalidad le permitía tener. De vez en cuando hacía fiestas con ratones y palomas y, otras veces, con gatos callejeros que cazaban ratones y palomas. De cualquier forma, siempre la pasaba bien.

No era muy fanático de la ropa lujosa y poco sabía de las modas y tendencias en los grandes círculos europeos. Él sencillamente vestía la misma playera negra todos los días y unos cómodos pantalones azules que tenían agujeros de más para la ventilación debido a que su ciudad era muy calurosa. Para lavarla, solo bastaba dejarla por ahí con un poco de jabón encima cuando llovía. Se consideraba a sí mismo como alguien práctico.

En cuestión de alimentación, era de estómago pequeño y de corazón agradecido. Bien sabía que había familias quisquillosas y niños berrinchudos que no se acababan su comida, así que él iba a esos vecindarios los lunes, miércoles y a veces los viernes para surtirse bien de alimentos. Él siempre fue creyente de que la comida no se desperdicia.

También creía que comer no era tan necesario así que a veces solo hacía una comida al día. Aunque no lo parece, eso era bueno, pues lo preparaba para los tiempos de escasez. Aquellos días terribles donde la comida no era suficiente y morir de inanición se convertía en una posibilidad cercana, siempre había una que otra paloma que se ofrecía en humilde sacrificio.

Juan Pimpinelo era un hombre de muchas virtudes y talentos, por lo que el trabajo nunca faltaba. Si bien no podía hacer todo, hacía lo que podía para ganarse la vida. La realidad es que le iba muy bien. Ganaba más dinero que el salario mínimo en su ciudad.

Quizás te preguntes por qué su vida no suena a que ganaba dinero suficiente entonces.

Bueno, la razón de esto es simple. Juan Pimpinelo solo tenía ojos para una única cosa y nada más. Muchos podrían considerarlo una adicción, pero de la buena. Otros lo pueden considerar como un verdadero sabio. Pero la realidad es que para él solo era su manera de vivir y disfrutar la vida. Todo aquel dinero que llegaba a sus manos, incluso los centavos de buena suerte que encontraba en la calle eran destinados a la compra de libros.

Así es, libros.

Cuando Juan Pimpinelo leía, no importaba lo que vestía, donde vivía, lo que comía o si comía. Para él era suficiente viajar con su imaginación. Y si bien muchas veces lo que imaginaba no tenía sentido porque leía muchos libros de diferente género y al mismo tiempo, él se sentía pleno.

Su familia, quien poco sabía de su paradero, continuamente habían intentado llevarlo con profesionales para que lo ayudaran, pero nunca fue posible porque Juan Pimpinelo ignoraba a los que intentaban ayudarle leyendo en el consultorio. Sus amigos, bueno, no tenía amigos.

Juan Pimpinelo tenía la cualidad de devorar libros. ¿20 páginas? 10 minutos. ¿150 páginas? Una hora. ¿888 páginas? Depende de que tan bueno estuviera el libro. Era increíble la cantidad de palabras que leía por minuto. Todos lo admiraban por eso, pero nunca se imaginó que eso podría causarle problemas.

Fue un sábado por la tarde sin especificar que Juan Pimpinelo empezó a sentir una comezón muy fuerte. Era extraño porque se había bañado hacía dos días atrás, y no podía tener pulgas porque no había tenido fiestas recientemente. Además, la comezón era más adentro. Era una especie de comezón cerebral. Era como si alguno quisiera salir de su cabeza. Trató de leer para que pasara esa sensación, pero no podía concentrarse. Se recostó en su cama de libros viejos, pero la posición aumentaba la comezón. Corrió, saltó, caminó, cantó, gritó, pero nada funcionó para ese caso tan peculiar.

En medio de esa crisis, se le ocurrió tomar un bolígrafo y un cuaderno viejo y dejó que sus instintos lo guiaran. ¡Vaya que sí lo guiaron!

En esa comezón de sábado por la tarde, Juan Pimpinelo escribió 27 historias de todo tipo y solo así la comezón desapareció. Tuvo la idea de lanzarlas desde el *pent-house* para que el mundo las viera tal y como eran, pero no lo hizo. Mejor las juntó, las pasó en limpio y las reescribió lo mejor que pudo.

Él sabía que los procesos editoriales eran muy tardados, y quería que el mundo las viera ya. Así que, esa misma tarde fue a una casa editorial, dejó sus historias en una caja de cartón frente a la puerta, tocó el timbre y salió corriendo.

Cuando salieron a ver quién había tocado, encontraron la caja con una nota justo arriba del manuscrito que decía:

"Publícalas ya mismo. Si las editas, te pego. – Juan Pimpinelo."

En la casa editorial, todos se sorprendieron ante semejante amenaza. Pero al ser una editorial muy abierta a cualquier tipo de propuestas, decidieron publicarlo ese mismo día.

Como nombre de autor pusieron Juan Pimpinelo, pues era el nombre que aparecía tanto en la nota como en el manuscrito, pero sabían que ese solo era un nombre de pluma pues ¿quién en su sano juicio firmaría una amenaza con su nombre real?

Cuando el libro se publicó, fue una verdadera sensación. A pesar de ser corto, todo el mundo lo buscaba y lo devoraba con ganas de más. Pronto la editorial no tuvo más remedio que buscar por todos lados a Juan Pimpinelo, pero sin éxito.

Juan Pimpinelo empezó a sufrir de estas comezones cerebrales de manera frecuente, y su hogar terminó llenándose de tantos papeles con garabatos como de libros. Pero su orgullo es grande, así que no mandará ningún otro manuscrito a menos que esté completamente seguro de que el primero ha valido la pena.

ABDUCCIONES DE TEMPORADA

Cada verano, cosas insólitas e increíbles suceden en este mundo, pero nada tan común como las abducciones por alienígenas en verano.

Al principio se llevaban vacas. Cuando la ganadería era la única actividad económica llegaba a ser preocupante perder cualquier ternera. Pero la economía se desarrolló dentro del sistema capitalista dejando la ganadería atrás como actividad económica principal, además de que cada verano venían los extraterrestres por ellas de todas formas. La gente se acostumbró.

No obstante, llegó el punto en el que los bovinos ya no eran suficientes. La primera abducción a una persona se registró en el año 2016. Un joven llamado Archibaldo iba de camino a una cita cuando tuvo un encuentro con una nave alienígena. Trató de esquivar, pero vio descender del vehículo un ser increíblemente atractivo, de piel color del cobre brillante, una estatura por encima del promedio humano y de complexión fornida. Su forma corporal era humana y cuando le habló, lo hizo en el idioma del terrícola. Se presentó como princesa heredera de la civilización Apuauauanuljjea en el planeta B-240522, y le indicó que se fuera con ella para contraer matrimonio y ser rey. El joven Archibaldo, pensando que podría hablar civilizadamente con la criatura, le dijo que no podía hacerlo pues tenía interés romántico en otro ser humano al cual iba a ver en esos momentos. Archibaldo describe que al escuchar esto, el extraterrestre reaccionó de forma agresiva intentando quitarle la vida. Por fortuna, el joven era un elemento encubierto de una agencia de espías, por lo que sus artes marciales estaban altamente desarrolladas, de modo que pudo derrotar al visitante espacial y llegar a su cita, aunque tarde.

Se han registrado constantes visitas de tecnologías extraterrestres y abducciones a distintos grupos raciales de humanos, principalmente en verano. Si bien el caso de Ethan ha sido el único que ha tenido un encuentro directo con un ser espacial y ha permanecido para contarlo, no podemos asegurar que todos los casos sean igual. Desconocemos si todas las visitas alienígenas vienen con el mismo propósito o si acaso son la misma raza de extraterrestres. La Administración Internacional de Cosmonáutica y Relaciones Espaciales (AICRE) no ha dado más luz al respecto. Sin embargo, ha compartido en todas sus redes de telecomunicación el plan de contingencia en caso de intento de abducción y recordando la importancia de la prevención temprana.

Este próximo verano habrá que esperar para ver qué nos depara el destino en las abducciones de la temporada.

CRÓNICA DE VIAJE

No tengo ningún problema con ver parejas besándose. De verdad, creo que es lindo y agradable saber que el amor aún existe. Se veían muy enamorados sin duda, y eso era bastante bueno, supongo. No sé por qué me detuve a observar algo tan grotesco, pero no todos los días ves a una chica que se come la cabeza de su novio. Primero se la metió toda a la boca y después, de una sola mordida se la arrancó. Pero no fue hasta que las afiladas uñas de la mujer quitaron el disfraz humano dejando al descubierto una gran mantis religiosa que de verdad entré en pánico. Ella se dio cuenta y subió corriendo a la copa de un árbol. El cuerpo descabezado seguía tirado, y yo corrí lo más lejos que pude. Prometo jamás volver a Australia.

MALA FAMA

Doña Alfonsina sabía que su vista ya no era tan buena como en sus tiempos mozos cuando había aprendido el oficio, pero tras el incidente, el negocio de tintorería se estaba viniendo abajo, y en lugar de dinero para comer llegaban los niños del barrio a burlarse cantando una canción que ellos inventaron donde se referían a ella como una rata vieja. Y tenían razón, los años de plena juventud habían terminado para ella tiempo atrás.

Pasaron algunas semanas de depresión emocional y económica antes de que decidiera ir a curarse, aunque fuera los ojos porque la cola la había dado por perdida. Tan pronto como se recuperó, volvió al negocio con mucha energía y esforzándose por superar el trauma que le había dejado la plancha caliente. Pero todo eso resultó ser inútil, pues su accidente era ahora de dominio público y la canción burlona se había vuelto viral.

En una ocasión Doña Mague, su comadre, vino de visita para traerle el queso que había pedido por catálogo y, tras ponerse al corriente en chismes, Doña Mague le sugirió que hablara con su sobrino Antonino pues él había trabajado en el mundo tecnológico desde que IBM se hizo famoso y todos tenían una computadora en casa, así que él sabía de computadoras y esas cosas que a los roedores de mayor edad se les dificulta entender. Tal vez él podría subir a la red publicidad y atrapar nuevos clientes para la tintorería. Doña Alfonsina aceptó la propuesta de su comadre ya que tenía la intención de continuar haciendo lo que más le gustaba sin necesidad de ser víctima de su mala fama.

Tan pronto como Antonino llegó de visita, Doña Mague lo llevó de inmediato con su amiga para que hablaran. Y tan pronto como Antonino vio a Alfonsina la reconoció por la canción argumentando que todo el mundo la escucha en estos días por ser el *hit* del momento y eso casi produjo un infarto a la pobre planchadora. Doña Mague reprendió a su sobrino como buena tía y le recordó que estaban ahí para ayudar a su amiga, no para matarla. El ratón se disculpó y les pidió que le dijeran lo que tenían en mente.

Tras explicar que querían expandir la publicidad del negocio a través del internet para atraer clientes de otras partes, Antonino dijo que estaba bien, pero, al ser él un ratón muy informado e informático, propuso una idea descabellada. Les dijo que esa estrategia no era tan buena porque gracias al internet, ya todos conocían la canción, pero si Alfonsina abría una cuenta en redes sociales y hacía un bailecito con su canción podía monetizar las vistas de sus videos y ganar mucho más dinero que seguir planchando.

Doña Mague pensó que eso sería todo un escándalo, pero Alfonsina reconoció que ya estaba cansada de su trabajo y que después del accidente ya no era lo mismo de ninguna manera. También se dio cuenta de que las burlas nunca pararían, así que lo mejor era sacarle provecho a todo eso. Antonino le ayudó a conseguir una cámara y le enseñó a usarla. Entre los tres idearon un baile de menos de un minuto que por sus pulgas, pronto se volvería viral por todo el internet.

Alfonsina no tardó mucho en generar videos, pues no solo fue el vídeo de su baile el que se viralizó, también aquellos videos que grabó contando su historia, dando consejos de lavado y planchado eficaz, desempacando prendas recién salidas de la tintorería, evaluando y calificando distintas marcas y modelos de planchas, y otros tantos que le ayudaron a generar muchos fans y así ganar bastante dinero.

Así fue como Alfonsina, la rata vieja que alguna vez fue planchadora logró su sueño de viajar a Francia y visitar uno de esos restaurantes donde las ratas también cocinan, además de comprarse todas las faldas a la moda y darse lujos sin igual. Y todo tan solo por el precio de una cola quemada.

MÉTODOS EFECTIVOS PARA DORMIR BIEN TAL COMO ME DIJO MI DOCTOR

Asegúrese de estar siempre fresco dejando una pierna fuera del cobertor y la otra adentro junto con el resto de su cuerpo. Esto estabilizará su temperatura corporal.

Es importante eliminar toda luz que pueda perturbar su descanso. Apague todos los focos de su casa, cierre puertas y recorra bien todas las cortinas y húndase en las cobijas si es necesario. Se de todos modos siente mucha iluminación, piérdase en sus recuerdos más vergonzosos y memorias más oscuras. Si siente que no tiene o no son tan útiles, piense en la condición del mundo y la sociedad en la actualidad, es muy probable que al hacerlo usted se olvide de lo que es la luz permitiendo a sus ojos descansar eficazmente.

Deje la ansiedad y el estrés a un lado. Hay quienes gustan de contar ovejas como si fueran los pastores, pero dudo que a usted le agrade pensar en más trabajo del que ya de por sí detesta. En todo caso, piense en cosas bonitas, cosas agradables como el evadir por completo sus responsabilidades en la vida viajando al país de los sueños donde, como usted sabe, es el único lugar donde ser feliz no cuesta. Si esto no viene de forma natural, entonces le recomiendo decir "mmm" de manera constante y repetida hasta que se canse y se duerma o hasta que vengan a callarlo.

Evite a toda costa los sonidos desagradables. Su mente debe estar en un estado de total relajación para que el estruendo del despertador lo traiga de regreso a la realidad de manera íntegra. Si usted es de esos que necesita ruidos para dormir, grábese mientras duerme para que así, en las noches subsecuentes, usted pueda ir a la cama con la melodía de sus propios ronquidos y así estimule un mejor descanso.

Si lo necesita, beba un vaso de leche tibia antes de ir a la cama. Si es intolerante a la lactosa, beba el vaso de leche tibia más temprano para que le dé el tiempo suficiente de ir al baño sin interrumpir su ciclo de sueño.

Si tiene deseos de levantarse a orinar en horas no adecuadas, no lo haga. Aguante como el adulto que es. Le aseguro que su mente lo tomará como un reto personal y pronto se volverá una historia de superación.

Por último, si usted sufre de insomnio, sonambulismo o cualquier otra afección del sueño, le recomiendo que venga a nuestras terapias. A través de métodos efectivos como descargas eléctricas, privación de energía calórica, rutinas de ejercicio para el agotamiento extremo, sesiones de *adult shaming*, paños de cloroformo, sesiones de privación de oxígeno, etcétera, usted va a poder volver a dormir como un bebé.

PERSONA CORRECTA EN EL MOMENTO EQUIVOCADO

León, Guanajuato a 25 de octubre

Mi querido Francisco:

Deseo con todo mi corazón que te encuentres de maravilla y que todos en tu casa estén gozando de buena salud. Mi corazón late con mucha intensidad cada que pienso en ti. Espero no ser muy atrevida, pero confío que solo tú leerás estas palabras: Te amo. Y deseo que tú me ames a mí a pesar de todo.

Sé que has venido a verme y no me has encontrado. Lamento que hayas venido hasta aquí en vano. Al ver que has dejado de contestar mis mensajes, y lo que es peor, has dejado de hablarme por completo, me he puesto a pensar en lo que pudo haber fallado entre nosotros, quien ha sido el culpable si es que hay uno. He llegado a la conclusión de que todo ha sido una tremenda confusión. Permíteme explicarme.

Primero que nada, quiero que sepas que estoy

perdidamente enamorada de ti desde que te conocí. Muchos me decían que un amor por correspondencia sería en vano, y que esto solo sería un amor de verano. Pero se equivocaron. Ya van dos años de conocernos y aún sigo perdida en este romance. Espero que, a pesar de todo, tú me sigas amando igual.

Ahora bien, creo que sí hay que darle crédito a aquellos que dijeron que habría problemas al estar en dos extremos diferentes del mundo. Creo que ahí empieza el motivo de nuestra confusión.

En estos dos años de romance, siempre hemos hecho de nuestra parte para que las cosas resulten en esta relación. Hemos sido ambos los que trabajamos para que las cosas sucedan. Creo fervientemente que somos un equipo que se ha esmerado en nombre del amor. Pero eso no significa que todo fuera miel sobre hojuelas. Todas las parejas tienen diferencias y problemas, pero no significa que todo el trabajo que hemos hecho se deba ir a la borda. Sé que la distancia es difícil para ambos y el no poder estar juntos complica las cosas y nos hace actuar de maneras absurdas en nombre del amor.

Cuando dijiste que "vendrías a visitarme cuando las flores empezaran a brotar y los pajarillos cantaran en mi nombre", pensé que era una buena idea, pues podría pedir una licencia vacacional en el trabajo para estar contigo en primavera. No discutimos más al respecto, aunque debimos hacerlo.

Tú sabes que mi empleo como institutriz es fundamental para Guillermito, Mariancita, y Vanesita, y que no puedo fallarles a sus padres siendo ellos tan buenos conmigo al grado de permitirme hospedarme en su casa. Ellos no se negaron cuando solicité el permiso en primavera, y al contrario, se alegraron de que finalmente te conocería en persona.

Vaya sorpresa la que me llevé cuando recibí una carta de mi madre diciendo que habías llegado a verme junto con tus padres. En la carta ella compartió su sospecha de que quizás venías a pedir mi mano. ¿Es cierto esto? Porque tú bien sabes que yo no me hubiese negado. ¡Oh! Pero entiendo que podría ser ya muy tarde. En la carta mi madre explicó que al saber que no podrías verme, preferiste regresar a Chile de inmediato tras dos días de tener la esperanza de verme. Cuánto lamento esa situación, de verdad.

Entonces, tras llorar y afligirme por tan grande desaire que creí causarte, lo entendí todo mientras enseñaba geografía a los niños. Si bien ambos pensamos en vernos durante la primavera, no consideramos que viviésemos diferentes primaveras. Mientras yo pensaba verte en marzo o quizás abril del próximo año que es cuando inicia la primavera aquí en México, tú llegaste a finales de septiembre ¡que fue cuando las flores empezaron a brotar y los pajaritos empezaron a cantar en Santiago de Chile! No puedo negar que los niños se espantaron cuando me vieron reír y llorar al mismo tiempo. Supongo que esto nos pasa por ser tan románticos.

Espero que, al leer esta carta, la situación se pueda aclarar, y sí lo nuestro aún existe, creo que es importante prometernos y esforzarnos por mejorar la comunicación entre nosotros. Cuando los padres de mis pupilos se enteraron de la situación, amablemente se ofrecieron para costear los gastos para que mi madre y yo viajemos a Chile en primavera, perdón, en marzo durante los días de mi licencia vacacional. Solo necesito saber si acaso tú estarás ahí.

Quedo atenta a tu respuesta amándote como siempre lo he hecho.

Siempre tuya,

Andrea

LA SAZÓN DE LA PACIENCIA

Siempre empieza preparándote mental y emocionalmente para esta hazaña que es preparar la cena. Una cena exitosa y deliciosa requiere tiempo, así que se sugiere que comiences cuando la comida pasada aún no ha terminado el proceso de digestión.

Reúne todos los ingredientes necesarios de acuerdo con las golosinas que prepararás. Consigue suficiente azúcar, al menos una tonelada. No gastes mucho, entre menos saludable es más sabrosa. Considera que para algunas recetas será necesario algún tipo específico de azúcar, por lo que podrías conseguir una tonelada de cada una por si las dudas.

Comienza preparando las golosinas más sólidas, aquellas que llevan caramelo duro como son las piruletas, bastones de caramelo, mentas y demás. Agrégales colores intensos y artificiales y no olvides hacerlos de todos los tamaños, desde los dos centímetros hasta los dos metros.

Una vez listo el primer lote, procede a hacer las golosinas más blandas como gominolas, leche quemada, y algunos agridulces como tamarindos y chicles. Recuerda agregarles suficiente colorante artificial y hacerlos de tamaños variados.

Enciende ahora el horno para trabajar en la repostería fina y la bollería. Diviértete haciendo todo tipo de postres. Se sugiere empezar por la repostería francesa ya que tiene fama de ser la más complicada. Luego podrías hacer postres americanos; su alto contenido en azúcares los hace una verdadera necesidad. No olvides hornear suficientes galletas y pasteles de diferentes tamaños, formas, y pisos. El tener una variedad de pasteles hará más llamativo el proyecto. Eso sí, las decoraciones de estos dependen completamente de tu gusto o necesidad.

Los chocolates son indispensables en este tipo de eventos, por lo que deberás considerar en qué forma vas a prepararlos. La sugerencia siempre es chocolate blanco o con leche, y podría combinarse con alguna nuez, cereal, o galleta, pero nunca con frutos secos. Cuantas menos frutas uses, más apetecible será.

Para finalizar esta etapa, puedes utilizar el azúcar sobrante para gazpachos, merengues, algodón de azúcar, jaleas o para escarchar.

Se espera que en este punto ya tengas el diseño de la casa y la ubicación más conveniente cercana a tu cena.

Para armar la casa deberás usar las piezas sólidas más grandes primero, aquellas que puedan servir como vigas o columnas. Luego se podrían usar las mentas como ladrillos si se quiere durabilidad, pero los cubos de caramelo suave o las tabletas de chocolate son siempre una buena opción como pared. Únicamente, se deberá usar piedra o ladrillo verdadero en donde se ponga la chimenea y el horno de cocina.

Una vez puestos los cimientos y las paredes, se amuebla la casa de acuerdo con el gusto y estilo personal. Los muebles se pueden hacer con golosinas también o se pueden utilizar los convencionales.

Ahora es el momento de decorar. Se deben poner las piezas más grandes y llamativas que hayan sobrado en el jardín. Esto hará que llame más la atención el lugar. Distribuye las demás golosinas y postres dentro de la casa de manera que cada rincón esté saturado con cosas deliciosas.

Enciende el horno y ten a la mano una bandeja grande con las especias que ocuparás con base en la receta que habrás seleccionado.

También enciende la chimenea y pon suficiente algodón de azúcar en el fuego para que el aroma de la melaza atraiga a los niños mal portados cuyos padres menosprecian y no cuidan de ellos. Tan pronto como lleguen, permite que coman todo cuanto ellos deseen, aún si son las paredes de la casa.

Una vez que sus cuerpos no soporten más azúcar y se queden dormidos, se marinan el suficiente tiempo para que adquieran la intensidad de sabor predilecto y se meten directamente al horno.

Se sirven calientitos para aprovechar los aromas también.

Una vez terminado el banquete, se puede invocar una lluvia torrencial para limpiar los restos de casa y descansar hasta la siguiente hora de la comida.

Tip de experto: Procura que los niños no sean muy inteligentes y asegúrate que por nada del mundo traigan pan consigo.

¡Disfruta!

UN CONSEJO PARA SER FELIZ

"Serás mucho más feliz en la vida si te enfocas en lo que puedes dar en vez de enfocarte en lo que puedes recibir."

Así versaba la nota que Víctor Corona encontró tirada en el suelo y desde ese momento supo lo que debía hacer.

Salió mostrando su mejor sonrisa a todos, dedicando los buenos días a todo el que pasaba a su lado. En algunas ocasiones se detenía a conversar y reír con los transeúntes.

Subió al transporte público por el placer de la conversación, y tomó la ruta más larga para tener la oportunidad de hablar con más viajeros tanto de ida como de regreso.

En algún punto del día, pasó a la pastelería y compró diversos postres que después se encargó de entregar personalmente a cada uno de sus amigos visitándolos en sus casas y trabajos.

Sin duda era una experiencia agradable para él.

Volvió a casa ya tarde por la noche. Por fin podría descansar.

Tosió todo lo que se aguantó durante el día. Sentía el

cuerpo cortado con un dolor punzante de cabeza acompañado de escurrimiento nasal y una terrible tos seca. La comida apenas le sabía dulce o salada pero no más. Este nuevo virus que estaba de moda lo había dejado peor que un partido de box.

Aun así, se sentía satisfecho puesto a que la nota que había encontrado estaba en lo cierto. Ahora que había ido a compartir el virus con todos, se sentía feliz de no ser el único.

ROSAS BAJO INFRACCIÓN

Martita Bonafonte, viuda de Don Hidalgo Bonafonte, se encontraba lavando la loza del desayuno cuando vio una mujer arrimándose a sus rosales.

– ¡Oiga señora! ¿Qué cree usted que está haciendo en mi jardín?

– Señorita. – Corrigió mientras se acercaba a la puerta de la cocina para entregarle una tarjeta que apestaba a perfume– Soy la señorita Gladiola Montes, inspectora del buen cultivo.

Martita frunció el ceño pues le pareció una sobrestimación de parte de la extraña al llamarse a sí misma "señorita". Se trataba de una mujer de unos cincuenta años vestida con una falda tulipán de color carmesí, una blusa blanca con estampados de flores del color de su falda, y unos tacones tan blancos y limpios que parecían ser apenas estrenados. Martita pensó que era ridículo que una mujer como la que tenía enfrente de ella se vistiera como una joven y todavía se hiciera llamar "señorita". Pero ¿quién era ella para juzgar?

–Dígame, señorita, ¿cómo le puedo ayudar?

–He recibido un reporte de que ha cometido infracciones contra la "Ley General del Estado Botánico y Jardines". Así que he venido a inspeccionar para ver qué tan grave es el asunto.

La señora Bonafonte apenas y entendió lo que se estaba diciendo. La manera tan firme y elocuente con la que la inspectora se había explicado la distrajo por completo del mensaje.

–Me temo que no sé de lo que habla, señorita… ¿Montes?

–Así es. No es tan complicado de entender. Solo vea su jardín, tan descuidado y seco. – dijo sacudiendo los dedos de forma despectiva. – me sorprende que a usted no le afecte.

Lo último que dijo se sintió como una terrible grosería. Era obvio que le afectaba, pero al ser una joven viuda al cuidado de dos hijos pequeños y de un trabajo de tiempo completo, el jardín era la última de sus preocupaciones. Además, era el lugar donde los niños podían jugar como quisieran sin destrozar nada de valor. Si su jardín estaba feo, ¿a quién le podría afectar?, de todas formas, ella era quien vivía ahí y a sus hijos tampoco parecía importarles.

–Es posible que para usted puede no ser importante– y estaba en lo cierto, – pero recibimos la queja de una de sus vecinas, de la cual no estoy autorizada a dar el nombre. Sin embargo, es cierto que un jardín descuidado afecta la armonía de la sociedad.

"¿Quién habrá sido? Seguramente fue esa Alicia

Banderas. ¡Siempre chismosa armando escándalos!" pensó Martita sin entender con claridad lo que estaba pasando y teniendo dificultades para prestarle atención a la señorita de cincuenta años que apestaba a flores.

–Pero no se preocupe, señora Bonafonte, yo estoy de su lado. – Le dedicó una sonrisa más bien falsa antes de continuar. – Estamos empezando la primavera y por lo tanto no la multaré en esta ocasión.

¿Multa? ¿Por qué la multarían solo porque su jardín no estaba tan arreglado? El mundo parecía haber enloquecido y pensó que todo era una broma. Aun así, la mujer seguía hablando.

–Voy a darle dos meses, y a inicios de junio vendré a inspeccionar nuevamente su jardín...

"¡Oh, bien! Tendría que volver a toparse con esta mujer."

–Le recomiendo que empiece podando esos rosales que tiene junto al muro y cambiando la tierra con algo de abono para que tal vez ayude a reverdecer todo.

– Tenga por seguro que lo haré– dijo Martita con una sonrisa condescendiente y saliendo de la cocina hacia donde Gladiola estaba para conducirla a la calle. – No creo que sea necesario que venga de nuevo. Le aseguro que no habrá más quejas de mi jardín.

–Me temo que debo volver a darle seguimiento. Es mi trabajo. – La inspectora volteó a verla con una sonrisa rígida. Pero le aseguro que lo hará bien.

Martita se sacudió el delantal y vio su reloj antes de despedirse.

–Un placer conocerla señorita Montes.

–El placer es mío. ¡Oh! Y antes de que lo olvide. Espero que no se le ocurra contratar a un jardinero; eso sería causa de una nueva infracción. Que tenga un día fértil.

¿Día fértil? ¿Qué clase de despedida era esa? Tal vez era una expresión común entre los jardineros o lo que sea que la señora Gladiola Montes fuera. Había sido una visita extraña y un poco desagradable para Martita pues la había atrasado en sus deberes y ella no podía darse ese lujo por nada en el mundo.

Estando a punto de entrar de vuelta a la cocina, vio a su vecina Beatriz Segura venir hacia ella.

–Martita, querida. –saludó mientras se acercaba a ella y luego dijo en confidencia: –supe que vino a verte la señorita Gladiola. ¿Cómo te fue con eso?

No habían pasado ni cinco minutos y Beatriz ya estaba enterada. Se preguntó si ella había sido la traidora o lo que sea que haya sido.

–Oh, Betty. Así fue. –asintió tratando de sonar igual de dramática. – Fue espantoso, pero estoy segura de que todo está bien.

–¿Estás segura, querida?

–Por supuesto. No hubo problemas de ningún tipo.

–Vaya sorpresa.

"¿Qué había sido eso? ¿Acaso esperaba que me multaran?"

–¿A qué te refieres, Betty? – preguntó con tono desafiante.

Beatriz Segura notó que Martita se había ofendido.

–Oh, ¡No querida! ¡Por supuesto que yo no me llamo Judas! O Alicia Banderas en este caso. –Ahí lo tenía. Dio con la respuesta antes de proseguir– Normalmente la señorita Gladiola suele ser muy estricta en sus inspecciones y no perdona nada. A Susana Sandoval, la de la esquina, la mandó a la academia de jardineras primerizas a aprender a cuidar sus plantas que según la inspectora parecían gritar pidiendo ayuda. Susanita dijo que más que una academia parecía más bien un reformatorio. Ahí estuvo dos semanas sin descanso. Y escuché que, a Carlota Cienfuegos, la de al lado de Don Chucho, la hicieron plantar quinientos pinos en la reserva en solo tres días y sin ayuda. ¡Quinientos! ¡¿Puedes creerlo?! Lo que sí debes creer es que ninguna de ellas se ha atrevido a fallar otra vez.

–¿No te parecen un tanto excesivos estos castigos? –preguntó Martita todavía extrañada.

–No lo sé, querida, nunca he tenido sanciones. Inesita García, la de al lado de Juanita Cortés, una vez intentó demandar por tantas sanciones y multas que había recibido y el juez simplemente le dijo que estaba escrito en la constitución, y que, si insistía, iba a tener que meterla a prisión.

Beatriz Segura vio la cara de horror que tenía su vecina antes de terminar:

–Sea como sea, te sugiero que hagas caso y arregles el jardín antes de que acabe la temporada. Quisiera poder ayudarte, pero las reglas son estrictas en el asunto. Debes hacerlo tú misma. Después me cuentas como te fue con eso. ¡Chao, querida!

Martita Bonafonte se encontraba sola en su jardín, ahora confundida más que extrañada. No estaba segura de creer todo lo que Beatriz Segura le acababa de decir, pero la señorita Gladiola Montes parecía hablar muy en serio en todo lo que dijo, y era mejor no tentar al destino. Además, tener un jardín bonito no le haría daño a nadie.

Los dos meses pasaron volando y tan pronto como llegó la fecha estipulada, el jardín de Martita se llenó de la pestilencia floral que venía acompañada de la inspectora Gladiola Montes. Por fortuna, Martita Bonafonte había hecho su tarea.

–Impresionante, señora. La felicito. –el gesto de la señorita Montes se apreciaba más sincero que otras veces. –Ha hecho un buen trabajo con este jardín que parecía no tener solución. Incluso podría postularse para la competencia local del jardín mejor cuidado. Le podría ir muy bien…

Por una extraña razón, Martita se sintió orgullosa de sí misma.

–Muchas gracias, inspectora Montes…señorita. Fue una labor ardua y no lo hubiese podido lograr sin la ayuda de mis pequeños retoños…

–Me da gusto que sus hijos la hayan ayudado. –interrumpió la señorita Gladiola Montes. –Y pensar que traía una orden de aprehensión contra ellos por haber arrancado y maltratado las plantas de este bello jardín. Creo que ya no será necesario utilizarla.

Los ojos de Martita se abrieron de par en par sin saber qué decir.

–Por mi parte es todo. Quedó a sus órdenes y si ve alguna irregularidad en los jardines de sus vecinas, no dude en hacérmelo saber. Que tenga buena tarde.

La señorita Gladiola Montes siguió su camino dejando un rastro de hedor a flores en el jardín de Martita Bonafonte, un hedor que siempre recordaría cada vez que algo estuviera mal en su jardín.

RASTROS DE SUERTE

La ropa había quedado tan limpia y brillante que solo bastaba mirarla tendida en el sol para traer una verdadera satisfacción al alma. Mi madre me enseñó bien.

Me senté en una de las sillas de jardín para seguir leyendo las obras completas de Shakespeare. Había pasado toda la mañana lavando kilos de ropa sucia y me sentía exhausta. Sin embargo, días como estos traían gozo.

De repente apareció una mariquita subiendo mi taza de té. Mi mente se transportó a cuando mi abuelita Lourdes me decía que era de buena suerte que se te aparecieran estos bichitos.

¡Oh! Esa viejita linda, cómo la extraño. Siempre contándonos sus historias de niñez allá en el rancho de sus padres. De cómo la maestra quería agarrarla a palos por no hacer sus tareas y por jugarle bromas a sus compañeros, pero ella siempre corría a casa antes de que eso pasara. Agarraba a su potrillo y se fugaba lejos para que tampoco le pegaran en su casa. Era una niña tremenda.

Cuando llegaba al río, se ponía a cazar insectos, ranas y, a veces, sanguijuelas. Los insectos le gustaban, especialmente los de colores porque podía hacer collares con ellos, las ranas las usaba para espantar a sus amiguitos cuando ellos no se dieran cuenta, y las sanguijuelas porque le llamaban la atención. O al menos eso hacían hasta que una se le pegó al cuerpo y como sirena de ambulancia, se fue corriendo y gritando de vuelta a su casa. Nunca estuvo seguro si le dolió más la mordida de la sanguijuela o la nalgada que le dio su madre por traviesa.

Otra mariquita apareció en la mesa donde había puesto mi té. Era tan linda. Tenía seis puntitos negros en las alas más rojas que jamás haya visto. Mi abuela tenía un vestido idéntico. De hecho, fue un vestido que usaba cuando se iba a los bailes con el abuelo. Y luego se lo regaló a mi madre cuando ella empezó a ir a bailes. No duró mucho porque a mi mamá le encantaba salir de fiesta. Supongo que eso también lo heredé yo, solo que a mí no me tocó usar ese vestido. Quizás era esa prenda la que hacía que todos quisieran bailar con ellas.

El día soleado llenaba el jardín de mariposas, y al parecer de mariquitas también. Donde antes habían aparecido dos, ahora ya había seis que caminaban sobre la mesa de aquí y allá. ¡Qué suerte haber heredado esta casita con tan espectacular jardín! Podía sentir el espíritu de mi abuela y de mi madre en ese momento. Me sentía feliz recordando cómo ambas se metían en la cocina a platicar y reír mientras los pequeños esperábamos en este jardín a que nos llamaran a comer.

Es increíble como mi abuela, siendo tan tremenda, pudo ser una de las adultas más sabias y maduras que yo he conocido. Por suerte, nunca perdió su fenomenal sentido del humor. Doy gracias que ella fue una madre excelente y que haya enseñado sus mejores secretos a mi madre, porque ahora los tengo yo, y seguramente los seguiré pasando a mis generaciones futuras.

Volteé a ver la ropa y disfruté verla moverse y volar un poco con el viento en este día soleado. Sí, era la persona más suertuda en este mundo. Vi las mariquitas que volaban de aquí para allá y se posaban donde querían. Pude sentir la libertad de esas pequeñas criaturas al cerrar los ojos y disfrutar del entorno.

Sí, a la abuelita Lourdes le encantaban las mariquitas. Era su animal favorito y siempre le traían suerte. Cuando la abuela murió, yo me quedé con su broche en forma de este insecto cubierto de cristales. Siempre lo llevaba consigo. Y ahora era mi amuleto de la suerte.

Empecé a escuchar con mayor intensidad el zumbido de los insectos. Esto ya no era normal, pero ¿quién soy yo para juzgar a la madre naturaleza? Abrí los ojos y continué con la lectura mientras me acababa el té. Recordé en ese momento como veía a mi abuelita desde estas mismas sillas mientras ella tendía la ropa y me cantaba o me contaba historias de sus aventuras. Ojalá estuviera ahí.

Pasado el mediodía, me levanté y empecé a doblar la ropa seca para meterla en la canasta. Noté algo peculiar en una camisa blanca. Se trataba de una mancha amarilla. Pensé que era normal considerando que al estar a la intemperie uno se arriesgaba a que los insectos hicieran de las suyas. Quizás había sido una mariquita que había dejado un rastro de buena suerte así que lo dejé pasar.

Para mi sorpresa, mientras doblaba esa misma camisa, descubrí que había manchas y líneas por todas partes. La aparté para lavarla después, y seguí mi tarea. ¿Cómo me pudo pasar esto? Toda la ropa estaba manchada con secreciones de mariquitas. Podrían ser insectos pequeños, pero eran tantas que parecía que un águila enferma había venido a orinar toda mi ropa. Descolgué todas las prendas con frenesí esperando encontrar una, solo una prenda limpia. Pero mis esperanzas fueron aniquiladas al encontrar que toda la ropa, incluso la de color, tenía manchas amarillentas.

Me eché sobre mis rodillas sosteniendo un camisón para dormir y grité como si hubiese descubierto quien era mi padre. Seguramente fue esa viejita revoltosa que envió a sus insectos endemoniados desde el más allá para hacerme imposible la vida. Tenía que lavar todo de nuevo.

Desde ese momento en adelante, detesto a las mariquitas y siempre llamo al exterminador cuando veo alguna. Y he comprado una secadora eléctrica por si las dudas.

PRIMAVERA TARDÍA

El sol se encontraba de malas aquel 21 de marzo. ¿Por qué querían obligarlo a trabajar horas extras ese día? La excusa de que serviría para marcar el inicio de la primavera le sonaba tan absurda como los años bisiestos. ¿Por qué no la marcaba el primer día de abril o el primero de marzo si tenían tanta prisa? Los humanos ya son una raza grandecita como para estar dependiendo tanto de él. No es como si fuera a privarlos de su luz y su calor ese día, sólo no estaba dispuesto a trabajar de más si ni siquiera percibía un salario. Y aunque le prometieran una paga por esas horas extras, no lo aceptaría por nada en el universo. El astro rey se encontraba en huelga.

Aquel 21 de marzo, los humanos aprovecharon para hacer sus actividades cotidianas sin ninguna clase de inconvenientes. Cuando el sol se ocultó, todos procedieron a realizar sus tareas nocturnas y a dar por terminado el día.

No fue sino hasta el 29 de julio que alguien se asomó por la ventana y al ver que hacía mucho calor dijo: "¡Vaya! Ya estamos en verano."

MENSAJES CONFUSOS

El lunes por la mañana, pocas horas antes de celebrar la boda en la iglesia local del condado de Astor, los invitados puntuales llenaron el ambiente con una ruidosa expresión de asombro. La señorita Katherine Dockery había propiciado un golpe en la cara de su prometido George Cardon puesto a que no iba a tolerar ninguna burla más de su parte, y la cachetada fue para que quedara claro ante el altar que esas nupcias no se llevarían a cabo.

El padre Patrick, clérigo principal del condado, intentó calmar la situación para evitar escándalos en la Santa casa de Dios. Llamó a los novios afuera, puesto que adentro era arriesgarse a continuar con las escenas innecesarias ante los presentes invitados.

La señorita Dockery salió aun refunfuñando del poco caballero con el que estuvo a punto de casarse, mientras que el joven Cardon salió detrás con la cabeza agachada y una mano en la mejilla abofeteada.

El párroco se aseguró de que los humores se relajaran un poco antes de hacer una simple pregunta:

— En nombre de todos los santos, ¿qué es lo que pasa con ustedes?

Si tan solo el joven Cardon lo supiera…

—Permítame a mí explicarle, ya que este caballero bueno para nada—hizo una pausa muy breve al ver el gesto de desaprobación en el rostro del sacerdote antes de continuar—, el caballero que tiene aquí parece que no le dirá nada. ¿Y por qué le diría algo? Es un patán que insiste en faltarme al respeto una y otra vez.

—¿Cómo te ha faltado al respeto? — preguntó alarmado el padre Patrick.

—Verá. Conocí al caballero aquí presente durante el evento de caridad de los Pickwick. Quisiera decir que fue amor a primera vista, pero a estas alturas creo que más bien fue una equivocación. El punto es que charlamos toda esa noche y la mañana siguiente. El señor Cardon se vio interesado en mí y para mi él no era nada indiferente. Repito, un error.

A los pocos días, recibí un arreglo de camelias blancas de su parte, lo cual hizo encontrar gracia ante mí, pues sabiendo lo mucho que adoro las flores, estaba siendo bien su parte en el cortejo.

Habrá pasado una semana quizás cuando recibí un nuevo arreglo, pero esta vez de rosas de color blanco y carmesí. Me sorprendió ver algunas de color rojo por ahí, pero creí que al señor George le gustaba ser directo y no cabía duda de que él sabía cómo halagar a una dama. Mis padres también estaban complacidos por el trato que se me estaba dando.

Durante la cena de los Gardner, el señor Clint Rothes hizo intentos por llamar mi atención, pero no le hice caso puesto a que yo ya estaba embelesada con el joven Cardon y pasé toda la velada con él.

Al día siguiente, George, disculpe mi descaro, pero ya no tengo vergüenza de llamarlo por su nombre, me encontró durante mi caminata matutina y me entregó una gardenia recién cortada junto a un beso en la mejilla. No fueron necesarias las palabras pues esa gardenia fue prueba suficiente de lo que sentía por mí. O al menos eso creí.

No tardamos en formalizar nuestra relación y hacerla pública, además de que empezamos a hablar de la posibilidad de un matrimonio. Todo parecía ir de maravilla, hasta el día que recibí un arreglo de claveles blancos y amarillos. Al principio admito que perdí la compostura, y entre lágrimas solo podía pensar en que había causado tan mal sentimiento de su parte hacia mí, pero al ver más claveles blancos que amarillos, me tranquilicé un poco. Más la espina de ver claveles amarillos permaneció dentro de mí.

Continuamos nuestra relación y frecuentamos nuestras visitas que siempre estaban acompañadas de tulipanes dobles, flores de verbena, o cualquier otra flor que garantizaba que todo estaba bien entre nosotros.

Un día, al regresar de visitar a la duquesa de Lynchwester, cuando William el mayordomo me dijo que había llegado un arreglo floral de parte de George y que se había encargado de exhibirlo en la mesita de la biblioteca donde yo solía pasar más tiempo con mis hermanas. Corrí emocionada a verlo cuando descubrí que se trataba de dalias. No dalias malvas, ni amarillas; ni siquiera indiscretas dalias blancas. Simples dalias. Había una que otra dalia naranja perdida por ahí, pero se veía que su intención fue la de enviar solo dalias. Supuse que su amor estaba siendo probado, y me lo confirmó cuando, a los tres días me hizo llegar un crisantemo rosa. No entendía qué estaba pasando con él. Si tenía dudas acerca de lo nuestro, ¿por qué no lo discutía conmigo? Fue un golpe duro al corazón. Tardé semanas en siquiera querer volver a verlo.

El padre Patrick estornudó y Katherine recordó a quien le estaba contando la historia. El pobre George se encontraba a unos cuantos pasos atrás aún sin poder levantar la vista.

—Dios le bendiga, padre— dijo Katherine respondiendo a la interrupción del cura, pero de forma lo suficientemente amable para que supiera sus buenos deseos, pero tajante para indicarle que no había terminado la historia cuando él estornudó.

—Gracias, hijita. Por favor, continúa con la historia.

—Claro que sí, padre. Como le decía, tardé en perdonarlo, pero finalmente lo hice. En los meses siguientes solo recibía peonias, con lo cual volví a tener fe en nuestro futuro como señor y señora Cardon.

El padre hizo un gesto de aprobación ante esa declaración y eso escandalizó más a la disertadora.

—Pero padre, todo fue una burla cruel de su parte y aquí está la prueba. —dijo sacudiendo su ramo frente al sacerdote haciendo que los pétalos cayeran en su cara. —Este poco hombre dijo que no me preocupara pues él se encargaría de mi ramo de novia y que traería las flores más hermosas del condado y esto fue lo que me trajo: rosas amarillas mezcladas con blancas y rojas. No puedo soportarlo más.

Katherine tiró las flores al suelo y las pisoteó para después echarse a llorar.

—Señorita Dockery, —comenzó a decir el padre Patrick en tono condescendiente para calmar a la magdalena— ya ha expuesto su versión de la historia, y aunque simpatice con usted, debemos dejar que el joven Cardon explique semejantes faltas. Deje de llorar por favor.

La joven bajó el volumen de sus lloriqueos y alejó su mirada de George aún más para darle un toque clásico de dramatismo.

—Joven Cardon, ¿qué tiene que decir usted al respecto?

George levantó el rostro y le dedicó una mirada apesadumbrada a su amada.

—Lo lamento mucho. En ningún momento ha sido mi intención…

—Una disculpa no es suficiente en estos momentos. —interrumpió Patrick—Defienda su postura y demuestre su inocencia, o dejaré de ser yo el juez y será Dios quien se encargue de usted.

—Padre Patrick, le juro que nunca quise mandar semejantes mensajes…

El sacerdote frunció el ceño al escuchar eso.

—¿Acaso no conoce usted el lenguaje de las flores? —volvió a interrumpir.

—Por supuesto que sí lo conozco, es solo que…

George hizo una pausa como esperando volver a ser interrumpido, pero al ver que no fue así solo suspiró. Katherine dejó sus lamentos por un momento y se acercó a escuchar lo que su prometido tenía por decir. Quizás podría usarlo en su contra más tarde.

—Cuando era niño me diagnosticaron con una extraña condición con la que…—bajo su mirada—no puedo ver colores.

Tanto la novia como el padre estaban perplejos. Nunca habían escuchado algo como eso.

—¿Es eso verdad? —preguntó Katherine.

—Así es. Veo el mundo en escala de grises y puedo distinguir algunos tonos de azul, pero nada más. Yo sé cuánto te gustan las flores, así que no podía dejar de darte. Fui a la floristería y le expliqué a Jimmy mi situación ya que él es ahora el encargado del negocio y no su madre. Dijo que me ayudaría, pero creo que no soporto las ganas de aprovechar mi situación para jugarme una broma pesada.

—¿Qué hay de las veces donde los arreglos estaban bien hechos? —preguntó su prometida tratando de decidir si creerle o no.

—Supongo que Jimmy sabe que no soy tonto. A pesar de que no puedo ver colores, si distingo formas. Podré confundir una rosa blanca con una amarilla, pero nunca una camelia con un jacinto.

No había falla en su lógica, o al menos no pudieron encontrar ninguna.

—Entonces toda esta confusión fue culpa de Jimmy. —El padre Patrick estaba procesando esa información para saber qué hacer. —Más tarde hablaré con su madre para que le dé una reprimenda severa.

—Entonces, ¿es verdad que me amas? —preguntó la dama con un nuevo brillo en sus ojos.

George Cardon le sonrió dulcemente.

—Nunca podría dejar de hacerlo.

Hicieron las paces con un abrazo y pactaron nuevamente ese amor con un beso.

—Aún estamos a tiempo para la boda si aún lo desean. —indicó el padre Patrick.

George se arrodilló tomando la mano de su amada.

—Querida Katherine Dockery, ¿me harías el honor de casarte conmigo?

—Lo haré con una sola condición. —respondió la señorita con seriedad. —De ahora en adelante, yo seré quien escoja las flores.

—Puedo vivir con eso, pero no sin ti.

La boda se celebró en tiempo y forma con un ramo de fresias, y desde ese momento en adelante, George Dockery solo tenía permitido regalarle a su señora nomeolvides para nunca errar.

Glosario del lenguaje de las flores en esta historia:

Camelia blanca: Eres adorable.
Clavel amarillo: Desdén.
Clavel blanco: Inocencia.
Crisantemo rosa: Expresión de un amor frágil.
Dalia: Inestabilidad.
Dalia amarilla: Fidelidad.
Dalia blanca: Sentimientos de seducción.
Dalia malva: Agradecimiento.
Dalia naranja: Expresión de amor extravagante.
Flor de verbena: Encanto.
Fresia: Tranquilidad.
Gardenia: Amor secreto.
Jacinto: Delicadeza, humildad.
Nomeolvides: No me olvides, amor sincero y verdadero.
Peonia: Matrimonio feliz.
Rosa amarilla: Celos, desconfianza.
Rosa blanca: Soy digno de ti. Amor puro.
Rosa blancas y rojas: Mezcla de sentimientos.
Rosa carmesí: Si me quieres, lo descubrirás.
Rosa roja: Belleza, amor intenso, pasión.
Tulipán doble: Tendremos éxito como pareja.

JUVENAL Y YO

Juvenal es pequeño, peludo y rasposo. Tan negro como el azabache. Menos sus colmillos tan afilados como cuchillos de cirugía.

Lo dejo suelto, pues no se puede de otra manera, y se va al prado, y ahì destaza y se come a algún corderito despistado. Lo llamó desde donde este: "¿Juvenal?" y se apresura a venir a mi como si fuera otra presa.

Come de todo. Le gustan los corderos, los cabritos, los tlacuaches, las ardillas, los gatos…

A pesar de todo, es tierno y cariñoso, pero fuerte y salvaje como un demonio.

Cuando se deja llevar de paseo, las personas que no se esconden, se le quedan viendo con terror.

—¿Cómo lo domesticaste?

Con amor y dolor. Ambas cosas al mismo tiempo.

Llegó a mi vida un día de primavera cuando jugaba en el campo después de haber hecho todas mis tareas en la granja. Lo encontré escondido debajo de un árbol solo y temblando de miedo. Busqué si acaso su madre estaba cerca, pero no encontré rastro de ella por ninguna parte.

Se veía tan lindo con su pelaje negro como la noche y

tan indefenso aun teniendo esas navajas como colmillos. Me acerqué de a poco para acariciarlo. En un principio se asustó, pero al darse cuenta de que no iba a hacerle ningún daño, se dejó cargar incluso.

Estuve jugando con él un largo rato, y al ver que nadie venía por él, opté por llevarlo a casa conmigo.

Había tenido muchas mascotas en mi vida como perros, gatos, pájaros y los animales de la granja como pollos, borregos, vacas, burros y más, pero nunca había tenido un chupacabras en mi vida, así que estaba muy emocionado.

Tenía miedo de cómo iban a reaccionar en mi casa cuando lo vieran. Preferí llevarlo al viejo granero que solo ocupamos para jugar. Por mi hermana María no me preocupaba porque estaba seguro de que ella iba a quererlo mucho y por eso guardaría el secreto, pero Neto se iba a emocionar tanto que les diría a todos. Le hice un escondite cómodo en uno de los rincones del granero y regresé a casa justo para la cena.

Los primeros días, solía cazar muchas palomas para que las comiera, pero creció tan rápido que no se llenaba con las palomas y que mordía y rasguñaba pidiéndome más.

Empecé a cazar ratas, ardillas y mapaches para ver si acaso eso lo calmaba, y así fue por un tiempo, hasta que creció mucho más en cuestión de pocos meses.

Un día, olvidé cerrar el granero para ir a ordeñar las vacas por la tarde. Quería apresurarme para regresar con Juvenal, pero mientras estaba atendiendo la leche, escuché el grito de Neto, por lo que salí corriendo directo al viejo granero donde estaba María cargando a Juvenal con dificultad mientras que Neto estaba dando brincos y piruetas de la emoción.

Cerré la puerta del granero y les supliqué que bajaran el tono de su voz. Fue difícil pues ambos estaban eufóricos. Cuando se calmaron les conté como lo había rescatado y como lo había cuidado todos esos meses. Me preguntaron por qué no les había dicho nada, y les dije que porque no quería que nuestros padres supieran. Si lo sabían, seguro no le iban a permitir quedarse. Ellos estuvieron de acuerdo y prometieron guardar el secreto, lo cual me tranquilizó un poco, aunque aún dudaba de Neto.

Ese día, ellos me ayudaron a cazar más ardillas para darle de comer hasta dejarlo satisfecho para nosotros ir a tomar la cena.

El tiempo siguió transcurriendo y con la ayuda de mis hermanos era más divertido tener un chupacabras como mascota. Sin embargo, sus necesidades empezaron a cambiar y ni todas las ardillas de la zona eran suficiente para satisfacerlo. Hablamos entre los tres y tomamos la decisión de traerle un cabrito pequeño sin que nuestros padres se dieran cuenta, para ver si acaso eso lo llenaba.

Juvenal quedó más que satisfecho con el cabrito. Tan pronto como terminó de beber su sangre, se quedó profundamente dormido. Los tres festejamos que habíamos encontrado la solución hasta que nos cayó el veinte de que tendríamos que llevarle al menos un cabrito al día. Al principio quizás no sería tanto problema porque había muchos, pero ¿qué haríamos después? Platicamos un poco más y pensamos en enfrentar ese problema cuando estuviéramos frente a él.

El problema llegó más pronto de lo que pensamos. En solo una semana, mi padre notó que había menos cabritos y se preocupó. Creyó que se nos estaban perdiendo cuando los llevábamos a pastar, pero al asegurarle que no se trataba de eso nos creyó pues confiaba en nosotros.

Encontró algunos rastros de sangre que de alguna forma u otra forma lograban escapar del granero, y eso lo asustó aún más pensando que quizás se trataba de lobos. Esa misma noche, tenía preparada su escopeta lista para salir en busca de la bestia que se estaba robando sus rebaños. Todos teníamos los nervios de punta durante la cena al ver a papá tan decidido a matar al "lobo". Ninguno quería perder a

Juvenal y el arma ya estaba cargada, así que fue María la que no pudo soportarlo más.

—¡Tenemos un chupacabras de mascota!

Papá se desconcertó por un momento. Mamá siguió sirviendo la cena. Papá preguntó a qué se refería, y tras intercambiar miradas con Neto y conmigo, le tuvimos que decir todo. Papá estaba muy enojado por ocultarle eso y por tomar los cabritos sin autorización. Cuando le preguntó a mamá porqué estaba muy tranquila, ella respondió que ya lo sabía. Neto le había contado todo el día que él supo de Juvenal. Papá nos regañó diciendo que esas bestias eran muy peligrosas y que debíamos deshacernos de él o sino tendría que matarlo. Mamá le dijo que estaba siendo muy drástico pues ya estábamos llorando y suplicando que nos dejara quedarnos con él. Papá lo pensó y dijo que sí, pero que debíamos hacernos responsables. Dijo que debíamos sacarlo del granero y que mamá y él debían tenernos a la vista cuando estuviéramos con él. Me regaño aún más cuando vio todas las heridas que yo tenía por domesticarlo.

Aquella noche, todos nos fuimos a la cama felices de que nuestros padres habían aceptado a Juvenal en la familia.

Juvenal fue creciendo al igual que nosotros y juntos vivimos experiencias emocionantes y únicas. Nunca olvidaré cuando la abuela llegó de visita y lo vio por primera vez. Casi muere del susto. También cuando lo llevamos por primera vez al pueblo, todos los niños se acercaron sorprendidos y emocionados de ver un chupacabras por primera vez, pero sus padres gritaban de lo espantados que estaban. Nos volvimos famosos en el pueblo.

Nos encantaba revolcarnos en el lodo con él y rodar colina abajo mientras él nos perseguía. Siempre terminamos más sucios que la chimenea llena de hollín.

Bañarlo era una verdadera aventura. Ni con la fuerza de María, Neto y yo lo podíamos sujetar para enjabonarlo, siempre salía corriendo y nosotros tras él. Cuando estaba limpio, mamá nos dejaba acostarnos con él frente al fuego de la chimenea.

Por las tardes, cuando ambos llenos de comida, íbamos a caminar mientras yo le contaba todos mis sueños y esperanzas en la vida. Él solo escuchaba parando sus orejitas picudas. A veces dormíamos bajo algún árbol. Yo lo usaba de almohada y él ponía una de sus patas sobre mi para protegerme.

Éramos muy felices con Juvenal y no necesitábamos nada más.

Pero llegó un otoño en el que Juvenal ya no era ningún cachorrito. Al llegar a su edad adulta, entendimos que Juvenal debía a hacer una vida para él mismo. Cazar sus propias cabras, explorar otras granjas en el mundo, aterrorizar nuevas personas, encontrar una hermosa chupacabras y formar una familia con ella tal vez. Todos estábamos muy tristes de tener que dejarlo ir, hasta papá que le temía un poco todavía. Fue una despedida muy dura. Pero para nadie fue tan difícil como lo fue para mí.

Fui el último en decir adiós. Lo abracé lo más que pude y le hice prometer que no se olvidara de mi porque yo nunca lo iba a olvidar.

Tras tomar su última cabra, salió corriendo rumbo al bosque, y yo lo vi desde mi ventana. Toda aquella tarde me quedé en cama llorando la ausencia de mi mejor amigo.

No hay día en el que no piense en él. De vez en cuando viene a verme para que le haga mimos y caricias y a llevarse alguna cabra. Cada vez que Juvenal viene, siento que mi corazón está lleno de nuevo.

EL PRIMER ERMITAÑO EN GRECIA

Anacleto de Ática nació en la época estéril en la que Deméter buscaba a su hija Perséfone. Eran tiempos duros para todos en la tierra y los humanos, con un gran corazón empático ayudaban a Deméter en lo que podían. Hestia prestaba su fuego que no se apagaba para encender las antorchas de aquellos que se ofrecían a recorrer los rincones del mundo en busca de su hija. Anacleto nunca conoció a Perséfone ni la importancia que ella tenía, pero le quedaba claro que era importante unirse al escuadrón de búsqueda y rescate.

Desde niño se preocupaba por esta situación en particular y promovía pequeños grupos para dar algunos rondines por si acaso encontraban a la diosa. Las aceras cercanas a su casa estaban repletas de cera pues cada noche encendía velas a lo largo de los caminos para estar alerta. Se cuenta que cuando Deméter se enteró de todo lo que el pequeño hacía, se convirtió en uno de sus favoritos y lo lleno de dones y regalos, y nunca le faltó pan en su mesa. Y así fue como Anacleto de Ática creció conociendo la empatía y solidaridad, pero no las plantas de ninguna especie.

Cuando se dio con el paradero de Perséfone, Anacleto

ya había entrado en la adultez habiendo dedicado toda su vida a servir a la causa por la causa de Deméter. Como presidente del comité de búsqueda, se le consideró como invitado de honor en la gran fiesta de bienvenida habiendo culminado así lo que creía su misión en la vida.

La mañana previa al evento fue una experiencia nueva para él. Todo era diferente. Helios iluminó más el día, los dioses de los vientos se habían tranquilizado y desde su habitación escuchaba a ninfas riendo y divirtiéndose por todas partes. Al asomarse por su ventana, descubrió algo que lo dejó atónito. Se trataba de criaturas parcialmente inertes en las que predominaba un color nuevo que después se enteró que se llama "verde" y las criaturas "plantas". Había nuevos aromas y formas por todas partes, y por fin pudo entender la importancia de Perséfone en el mundo. Ahora estaba más emocionado de acudir a la fiesta para conocerla.

A unas cuantas horas antes del evento, Anacleto tomó una ducha con agua fresca y se puso su mejor toga. Se notaba que los dioses estaban felices pues habían concedido regocijo en el corazón de todos los mortales y él estaba incluido. Era una alegría que jamás había experimentado. Salió de su casa camino a la entrada de la ciudad donde pasarían por él para llevarlo a donde sería la fiesta, el Olimpo tal vez. Conforme iba avanzando por el sendero, notó que algo pasaba en su nariz. Era una especie de escozor que parecía no tener fin. De momento creyó que un espíritu le golpeó la nariz sin él saberlo, pero al ver que solo incrementaba la sensación, empezó a dudar de la naturaleza de este inconveniente. ¿Acaso había cometido algún pecado contra los dioses?, ¿no había sido lo suficientemente agradecido con ellos por las novedades del mundo?, ¿sería acaso que no hizo un buen trabajo buscando a la diosa?

Cuando llegó a la entrada de la ciudad no solo tenía la ardiente sensación en su nariz, sino que también ahora tenía los ojos irritados al grado de apenas poder abrirlos para ver. Estaba seguro de que las Furias tenían algo contra él y eso lo hacía indigno de participar en un evento entre los dioses, de modo que volvió a casa apesadumbrado por no poder celebrar su trabajo de vida.

En el camino de vuelta a casa las cosas solamente empeoraron. En un punto del recorrido se detuvo súbitamente porque sentía que el alma se iba a salir de su cuerpo. Algo se estaba formulando dentro de él y salió por su nariz con un estruendo tal que sintió retumbar todo lo que estaba a su alrededor haciendo que incluso las aves salieran volando despavoridas. Y eso fue algo que se repitió de manera constante hasta llegar a casa.

Se encerró en su habitación con la intención de ofrecer sacrificio para la purificación de su alma, pero recordó que todos los dioses estaban de fiesta así que prefirió no molestarlos. Se acostó en su cama tratando de relajarse hasta que Morfeo sintió lástima por él. Durmió por muchas horas pues ya había pasado la noche y parecía que Helios iba a volver en turno en cuestión de minutos. Pensó que quizás la fiesta ya había terminado y era momento de pedir perdón por su ausencia, pero al bajar al altar de su sala se encontró con un obsequio de la diosa Deméter con una nota escrita divinamente por ella misma que decía "Te extrañamos en la fiesta. Te guardé este centro de mesa. -D." Anacleto se dio cuenta de lo avergonzado que estaba y necesitaba hacer algo para retribuir, pero al acercarse al obsequio de la diosa, nuevamente las sensaciones del día anterior volvieron a él. ¿De qué se trataba todo esto? Solo eran flores las que había recibido. Quizás algún dios estaba celoso de su relación con la fabulosa Deméter.

Los días consecuentes siguieron siendo tan atroces como el primero así que decidió simplemente no salir de casa. Pero como si eso no fuera suficiente, la diosa le enviaba flores cada día agradeciendo su labor como presidente del comité y recordando lo mucho que lo apreciaba. Cada día durante tres meses la diosa le enviaba todo tipo de arreglos florales a tal punto que Anacleto empezó a sospechar que la mismísima diosa lo quería muerto. Tres meses viviendo un suplicio de escozores nasales, irritación de ojos, y las amenazas constantes del alma queriendo salir por la nariz. No iba a tolerarlo más.

Tomó cuanto pudo de sus pertenencias y emprendió camino hacia Pelión donde se rumoreaba había cuevas cómodas para esconderse y no salir a menos que fuera necesario. Si bien el viaje fue abrumador con estos síntomas persistiendo, el encontrar una cueva oscura en la montaña le proporcionó la estabilidad que necesitaba. Así que, en el fondo de una cueva oscura en una montaña, Anacleto por fin pudo respirar en paz.

Cuando Deméter se enteró de la desaparición de su campeón, quiso organizar al comité para ir en su búsqueda, más al no ser una deidad, nadie la secundó en sus buenas intenciones. Además, Perséfone no tardaba en volver al inframundo con su nuevo esposo, y su madre necesitaba aprovechar todo el tiempo posible que podía estar al lado de su hija. Fue así como el recuerdo de Anacleto fue pasando a la historia y, así como nadie fue a buscarlo, así también él nunca se preocupó por volver a casa.

Se dice que muchos lo admiraban y veneraban por su decisión de partir en búsqueda de los perdidos perdiéndose él mismo para encontrar a los demás, pero esas eran puras habladurías. Anacleto solo salía después del estío y en invierno cuando sabía que Perséfone no estaba en la tierra y Deméter estaría triste por ello. Y lo hacía para buscar provisiones y comida solo para volver a la cueva y no ser encontrado por nada ni nadie, volviéndose así el primer ermitaño de muchos en Grecia.

EL COACHING DE MAYELA

Desde que Mayela fue concebida se supo que era especial. Mientras que sus 9,999 hermanos y hermanas eclosionaron en cuestión de dos semanas, a ella le tomó dos semanas y cinco días. Los médicos presagiaban una corta vida para ella, pero sus padres sabían que Mayela superaría cualquier obstáculo y viviría un día pleno.

Como ninfa, tuvo algunas dificultades para desarrollarse en el agua puesto que era hidrofóbica. Cada vez que recordaba que se encontraba flotando sobre una superficie líquida, el pánico se apoderaba de ella y tenía episodios críticos que iban acompañados con la sensación de ahogamiento. Sin la ayuda de terapia, pero sí con mucha paciencia, logró aprender y sobrellevar esas dos semanas en el agua hasta la muda, que también resultó ser más lenta que la de los demás pues aún existían secuelas de su difícil nacimiento. No obstante, eso nunca fue una limitante para ella.

Tan pronto como aparecieron sus alas, tomó vuelo y conquistó el viento, y por quince minutos, se sintió plena y feliz. Al aterrizar sobre una hoja cerca al charco donde había crecido, decidió que dedicaría sus horas de vida restantes compartiendo su historia de superación personal para ayudar a otras cachipollas a aprovechar la vida tan efímera que se sentía a veces y a no dejar que nada las distrajera de ir y tomar las riendas de su vida volando siempre alto para cumplir sus sueños.

Aquel día llenó arenas completas, y cachipollas de todos los charcos y jardines cercanos venían a escuchar la sabiduría de Mayela. Todas se encontraban conmovidas por tan elocuente mensaje. Era una verdadera inspiración para todas.

Fue tal la experiencia que cuando salió la edición matutina del *Mayfly Today* al día siguiente, había un obituario especial dedicado a todas ellas:

"Hoy lloramos la muerte de una generación de cachipollas que dedicaron su único día de vida a aprender a morir con un sueño y un ideal de volar alto."

LOS PELIGROS DE COMER HADAS DE JARDÍN TODOS LOS DÍAS

Cocinadas en salsa o en una ensalada fresca, las hadas de jardín (*gardenus fata*) se han vuelto un ingrediente muy popular en las cocinas de casi todos. La conexión que tienen estas hadas con la naturaleza hace que su sabor sea exquisito con cualquier cosa. Es exótico, excéntrico y delicioso. No obstante, nada es perfecto, por lo que se debe tener prudencia y moderación en su consumo, especialmente en que tan seguido se consume y en las porciones. Comer estas hadas en una gran cantidad puede producir efectos catastróficos de manera física y mental.

Existe un 84% de probabilidad que, al consumir hadas de jardín en una medida excesiva, se pueda contraer al menos una de las tres enfermedades más comunes que producen. La primera es conocida como la "fiebre de hadas". Se caracteriza por el aumento gradual de temperatura en la sangre hasta hacer el termómetro estallar. Esto es particularmente peligroso ya que la sangre va adquiriendo un brillo de color azul que tiende a ser visible desde el exterior y es complicado hacerlo desaparecer. Hasta ahora, la única cura probada y conocida es el color amarillo del arcoíris en gotas administradas de forma sublingual. La segunda enfermedad común es producida normalmente por los alimentos procesados y enlatados que incluyen este ingrediente. Se trata de el catarro chispeante que no es más que un resfriado común exceptuando que salen pequeñas chispas de color naranja con cada estornudo. Hasta ahora, no se conoce un remedio absoluto para esto, por lo que se recomienda tratar como a cualquier otro catarro. Afortunadamente, la última dolencia es la menos peligrosa pues se trata de un acné de color verde. En la actualidad existen muchos tratamientos profesionales y remedios caseros para combatir el acné. Si bien estas afecciones no entran dentro de la categoría de "mortales", se espera que se tomen con la seriedad debida.

Al igual que las enfermedades físicas producidas por una dieta basada en el uso excesivo de hadas de jardín, son tres los desórdenes mentales que pueden llegar a afectar al consumidor. Escuchar cuentos de hadas antes de dormir por la noche puede ser maravilloso, pero no es así cuando se consumen hadas de jardín antes de dormir. Estas hadas son la razón de la *pesadilliasis* crónica que se ha visto en aumento dentro de las poblaciones consumidoras de este tipo de hada. Consiste en el constante desarrollo de pesadillas en secuencia que parece una historia de terror sin terminar. Además, se estima que más del 59% de aquellos que adquieren este primer desorden, desarrollan otros problemas en su ciclo del sueño. Otro problema relacionado a esto es la presencia de síntomas psicóticos como alucinaciones y delirios. En su hábitat natural, las hadas de jardín son criaturas sociales, y al momento de ser consumidas, su naturaleza permanece aún después de muertas. Dentro del cuadro clínico de dichas alucinaciones se incluyen las sensaciones de ser perseguido, el escuchar voces, y el sentimiento de nunca estar solo. Esto es tratable con medicamento a base de sangre de dragón calvo y con la ayuda de un buen terapeuta. El último padecimiento, pero no por ello menos importante, se trata del desarrollo de una adicción a su consumo. El sabor de las hadas de jardín es tan deseable que una vez que se empieza a consumir, es casi imposible detenerse. Existen grupos de apoyo para la recuperación de la adicción a las hadas de jardín en casi todo el mundo.

El conocimiento que se tiene acerca de estos efectos tras el consumo se debe a las tecnologías que se han desarrollado para aprender del tema. Aún se sigue trabajando para lograr un mejor entendimiento y así poder prevenir y tratar estos problemas de salud. A pesar de ello, siempre es posible evitar estos efectos al controlar y medir de manera precisa el consumo de este ingrediente. No se puede negar que el sabor de las hadas de jardín es delicioso en cada comida, pero es importante reconocer que comerlas todos los días se puede volver un desastre. La realidad es que debemos ser sensibles a lo que nuestro cuerpo y mente necesitan para tener una verdadera calidad de vida.

DE ESCRITORES Y ADICCIONES

Quisiera permanecer como un autor anónimo en esta carta. Me siento avergonzado por esta situación, pero creo que al compartir mi historia con los demás puedo prevenir que otros caigan en lo mismo. Mi intención no es hacer una narración detallada de los sucesos que he vivido ni de las estratagemas que utilizaba para permanecer en las garras del vicio. Más bien relataré solo lo que considero prudente narrar a fin de ayudar a quienes están en la misma situación y a aquellos seres queridos que tengan la sospecha de que alguien a quien aman está pasando por esta prueba tan grande. Soy un superviviente, y si alguno se llegara a sentir identificado quiero que sepan que no están solos.

Todo comenzó en mi niñez cuando, en la escuela, la maestra me dijo que debía escribir tal y como hablo. Si bien ya hablaba bien para mi edad, tenía muchos problemas respiratorios que me ponían en la vergonzosa necesidad de hacer pausas para no quedarme sin aliento. Ahí fue cuando todo empezó. La primera composición fue acerca de mis vacaciones favoritas, y a pesar de ser solo un párrafo con apenas seis líneas, mi párrafo contenía más de cinco comas. La maestra lo notó, más para mi mal lo dejó pasar.

La siguiente composición fue un párrafo de 10 líneas con alrededor de 13 comas. La tercera constaba de dos párrafos de seis y siete líneas respectivamente con 17 comas en total. La quinta composición fue de cuatro párrafos de entre ocho a diez líneas con un total de casi 60 comas por el ensayo completo. Y así parecía ir en aumento conforme avanzábamos en el curso. En este punto, la maestra decidió intervenir y en repetidas ocasiones me abordó sin más que marcas rojas señalando el exceso de comas y comentando con discreción de que las comas no se usaban así y que muchas veces no era necesario usarlas. Yo entendía bien cómo se usaban. Al final de cuentas, solo se trata de pausas cortas como las que yo hacía al hablar. No había que ser un genio para entender eso. Al ver que persistía en tal delito ortográfico, la maestra prefirió rendirse pensando que solo se trataba de una inquietud propia de la edad y quizá después se me pasaría. No pudo haber estado más equivocada.

Cuando llegué al sexto grado, mis problemas respiratorios habían desaparecido, pero mi amor por el uso excesivo de las comas prevalecía. Varios profesores trataron de intervenir de distintos modos. Mientras que algunos, con la paciencia característica de los que enseñan por vocación, intentaban persuadirme para que me detuviera, muchos otros querían privarme del que yo llamaba derecho a la libre expresión poniéndome calificaciones bajas y amenazándome con no avanzar en los grados escolares. Fue entonces cuando mi situación se agravó. Ahora me moderaba en el uso de la coma en las composiciones y tareas escolares para así agradar a mis maestros y lograr continuar en mi carrera académica. Más en la intimidad de mi casa, como cualquiera que guarda un secreto sucio, llenaba las entradas de mi diario personal de comas sin que nadie pudiera verme hacerlo. Resguardaba ese cuaderno con mi vida misma, y no por el contenido en sí mismo, sino por las comas. Nadie podía privarme de ellas. No se vendían ni se compraban. Yo las hacía aparecer y eso me llenaba el alma.

Logré abrirme paso hasta la universidad guardando este terrible secreto. Como era de esperarse, escogí una carrera en literatura de modo que nadie pudiera impedirme estar en contacto con las palabras. Nadie podía verme con papel y tinta y decir que no estaba haciendo mi parte en la universidad. Siempre había algo que escribir en cada clase y de vez en cuando se me salían algunas comas de más en los escritos, pero aprendí a ser astuto y detallista procurando revisar los textos una y otra vez para editar las comas y, al escribir muchos ensayos, composiciones y notas, debía guardar toda mi frustración para más tarde, transcribir los mismos textos con la cantidad de comas que yo consideraba apropiada en papeles que nunca verían la luz del sol. Pero no importó mi gran astucia ni mis esfuerzos más grandes por esconderme, pues las manos me quedaban manchadas de tinta y al intentar cubrirme con las mangas de mi camisa, solo llamaba más la atención. Gradúe con el peso de lo que se había convertido ya en una terrible adicción.

Durante mi primer empleo, fue cuando toqué fondo. Todas mis ganancias y entradas de dinero estaban destinadas a dos cosas y dos cosas nada más: libros y bolígrafos. Ya no bastaba con escribir mis propios textos, ahora debía "corregir" los textos de los demás aun después de haber sido publicados. Deje de comer y dormir con tal de seguir mi labor de corrección. Había manchas de tinta por todo mi departamento, y muchas veces sin darme cuenta hacía marcas semejantes a las comas en distintas superficies como el plato de comida, al tender mi cama y hasta con mi pierna al estar sentado viendo televisión. Era una situación tan descontrolada, que, por mis retrasos y falta de presentación, me despidieron del trabajo.

Mi recesión personal me llevó a ver las cosas desde otra perspectiva. No podía continuar dándole toda mi atención a las comas, pues estas me estaban consumiendo la vida. Ya había perdido un trabajo por su causa, ¿quién querría contratar a un adicto? Mi situación de vida empeoraba cada día más. Me estaba volviendo anémico y seguido me desmayaba por la falta de sueño. La ropa ya no me quedaba y no podía comprar ropa nueva ni comprar comida para poder llenar mis pantalones de nuevo. Necesitaba dinero.

Tras mucha deliberación en mi interior, decidí exponerme una última vez y abrir mi corazón ante el mundo. Tomé una libreta nueva y un bolígrafo con tinta aún y comencé a escribir. Terminé el borrador de mi novela en cuestión de tres días, pero al ver que nuevamente había cedido al uso de las comas, la guardé en un cajón que sabía nunca iba a revisar y me hundí en la depresión.

Un par de meses después, alguien tocó a mi puerta. No tenía amigos y hacía mucho tiempo que no veía a mi familia, por lo que tuve miedo de abrir. Pero algo me dijo que debía hacerlo, así que me levanté, me eché agua en la cara que no había lavado en más de una semana, y fui a abrir. Ante mí se encontraba una compañera de la universidad a la que consideraba una amiga, y a su lado, había otra joven a quien yo no reconocía. Mi compañera me saludó con mucha calidez llamándome por mi nombre, algo que a mí me hizo sentir tan bien como hace mucho no me sentía. Me presentó a su amiga y me pidió entrar al departamento. Estando en la privacidad de mi sala los tres, mi amiga me comentó que estaba enterada de mi situación y que había escuchado rumores acerca de un manuscrito que yo había hecho. Tuve miedo de decir la verdad pues sentía mucha vergüenza, pero ella, con un tacto sin igual, me dijo que no debía temer; para eso había traído a su amiga. Resultó que su amiga en realidad era una editora de profesión y que estaba ahí para ayudarme si yo se lo permitía. Fue entonces cuando la amiga empezó a hablar. Me dijo que era un placer conocerme y reiteró que no debía temer. Dijo que sería un privilegio trabajar conmigo y que juntos trabajaríamos para cambiar y mejorar mi situación de vida. Tuve que ser muy valiente para aceptar, pero finalmente lo hice.

Tras muchas sesiones juntos, el objetivo se logró. Actualmente estamos trabajando en mi tercera novela mientras escribo la cuarta. Si bien aún uso las comas a veces escribiendo más de las que debo, mi editora está ahí para ayudarme a ver un camino mejor y a hacer de lo que escribo algo completamente entendible. Ahora me siento libre de la adicción, y a pesar de que la posibilidad de recaer existe, no lo siento como una necesidad.

Si tú estás pasando por algo similar a lo que yo pasé, si acaso alguna parte de mi historia te hizo sentir identificado, te invito a que busques ayuda. Abre tu corazón y pide a un editor de confianza que te ayude a tratar tu situación específica y hábitos ortográficos y de escritura positivos con confianza en uno mismo, valentía y esperanza. Vale la pena, te lo aseguro. Recuerda, estamos contigo.

CARTA DE UN FAN DE VERDAD

Estimado maestro Almazán:

Por medio de la presente quisiera expresar la inmensa admiración que le tengo. Desde que descubrí una de sus compilaciones de relatos cortos, me volví un fiel seguidor de su trayectoria. Tanto que alguna de sus obras siempre me acompaña a donde quiera que vaya, y siempre tengo alguno de sus libros sobre el buró junto a mi cama, de modo que es lo último que leo antes de dormir, y lo primero al despertar.

Como un joven aspirante a escritor, usted me ha enseñado mucho respecto al uso del factor sorpresa en las historias. Como todo comienza de manera fluida y así continúa así hasta que de pronto ¡Bum! Algo pasa que nos deja a todos muertos de risa. Lo increíble es que logra ese efecto en una historia corta. No cualquiera puede hacerlo, y si me permite ser honesto, yo quisiera aprender de usted.

Además, tengo algunas preguntas respecto a su trabajo. Verá, usted es un maestro para mí, un verdadero ejemplo a seguir, y me gustaría conocer los detalles de su proceso creativo, sus inspiraciones y sus rutinas como escritor. Y si no es mucha imposición, me gustaría que usted leyera el manuscrito de la novela en la que he trabajado en los últimos seis años. Es una comedia policíaca y el personaje principal está inspirado en usted, de hecho.

Desde hace mucho tiempo he tenido la esperanza de conocerlo en persona y creo que esta es una gran oportunidad. Mientras usted se encuentra leyendo esta carta, yo estoy afuera de su puerta esperando para conocerlo.

No sé preocupe, fui yo quien metió el sobre por debajo de su puerta y aquí me he quedado mientras espero. Lo bueno de estos meses es que los días son soleados, así que no se sienta mal por hacerme esperar.

Hasta aquí termino mi carta pues prefiero que continuemos con los temas de sus técnicas y talento en persona mientras tomamos el té.

Atentamente,

¿Por qué no abre la puerta para que me presente formalmente?

Posdata: No se asuste. Le mandé una carta a su editor para que me abriera la puerta y me entregara su dirección. Le aseguro que no la he compartido con nadie, así que no verá a ningún molesto fanático por aquí.

UN HACKER VEGANO

Por accidente dejé mis redes sociales abiertas en un dispositivo que no era el mío. La verdad es que lo había olvidado por completo.

De pronto, empecé a recibir mensajes de mis amigos y conocidos. Mi teléfono móvil vibraba como nunca. Algunos me preguntaban si me encontraba bien, mientras que otros me alertaban que alguien había hackeado mi cuenta.

Cuestioné a unos cuantos porque no podía preguntarles a todos. Necesitaba saber la razón de su preocupación, que tan grave era.

Según ellos, habían aparecido publicaciones en todas mis redes sociales que era evidente que yo no había escrito. Me preocupé de que alguien quisiera dañar mi reputación quizás. Así que, sin más, entré para verlo con mis propios ojos no sin antes haber conseguido el contacto de la policía cibernética por si las dudas.

El mensaje era claro que no lo había escrito yo, sin embargo, era lo suficientemente ambiguo como para no poder identificar al perpetrador. Al menos nos daba una idea de sus hábitos alimenticios.

Se trataba de solo tres palabras, pero solo eso bastaba para preocuparse.

En todas mis redes sociales había publicado:

"Trigo y lechuga".

Por fortuna, logré eliminar la publicación en todas mis redes sociales antes de que pudiera seguir dañando mi reputación.

BUCLE DE TIEMPO EN EL CUARTO DE HOTEL

El calor es soportable, pero aun así muevo mi playera de arriba a abajo pensando en que por fin me la quitaré una vez que llegue a la playa. Mi mano izquierda vuelve a deslizar las imágenes en la pantalla. Ninguna publicación suya; tampoco ningún mensaje recibido. ¿Qué pasará? ¿Acaso habrá encontrado a alguien más? ¿Habré hecho algo malo? Lleva mucho tiempo sin hablarme. ¿Habrá pasado algo?

Bajo el celular sobre mi pecho y cierro los ojos. Me concentro en el sonido de las olas esperando afuera del hotel. No puedo evitar mover las piernas de un lado a otro sobre las sábanas blancas de lino. A mi mente viene el recuerdo de todo lo que vivimos juntos y, aún más, de todo lo que nos faltó por vivir.

Me quedo inmóvil por unos segundos y de pronto abro los ojos hacia el techo. Mi mente dibuja la silueta de sus labios y mis oídos hacen resonar el eco de sus "te amo." Cierro de nuevo los ojos tratando de aparecer completa su silueta, su alma entera. Mis labios empiezan a temblar tratando de pronunciar su nombre como si fuera un conjuro prohibido, pero no lo consigo. Solo sale un suspiro.

Me quedo inerte de manera inconsciente por menos de lo que tarda un reloj en cambiar de segundo a segundo.

Siento calor y, a pesar de tener la puerta del balcón abierta y el ventilador del techo encendido en su máxima potencia, sacudo mi playera tratando de que el aire me refresque un poco más. Es inútil. Hace calor, pero puedo soportarlo. Me sentiré mejor una vez que me quede en traje de baño y esté dentro del agua fresca de la playa.

Quizás ya haya publicaciones nuevas, así que deslizo hacia arriba con mi índice izquierdo mientras mi mano derecha sostiene el celular sobre mi rostro. ¿Por qué no ha publicado nada? Una cosa es que no conteste mis mensajes, eso puedo entenderlo un poco más, pero ¿acaso le habrá pasado algo?, ¿debería preocuparme? No. Quizás esté disfrutando de una nueva relación o quizás una conquista de verano. ¿Por qué me haría algo así?

Dejo de deslizarme en vista de que no encuentro lo que busco, además de que mis brazos ya se entumecieron. De pronto puedo sentir los latidos de mi corazón en mi mano aun sosteniendo el celular. Si cierro mis ojos tal vez se sienta más fuerte. Otro sonido llama a mi mente distraída: el sonido de las olas deslizándose con gracia. Me gusta ese sonido y le ofrezco toda mi atención. Imagino por un momento que yo soy el mar y juego con las sábanas debajo de mis piernas desnudas. El lino se siente suave y fresco, ¿así se sentirá el cielo? No. El cielo es más parecido a todo lo que vivimos juntos, todas las experiencias, las alegrías y las tristezas, los besos y caricias. Si tan solo hubiésemos tenido el tiempo para vivir más…

Mis piernas se detienen, y junto con ellas todo mi cuerpo. ¿Qué estoy esperando? Seguimos vivos los dos. Abro los ojos para confirmarlo y veo la inmensidad del blanco techo. Se siente tan distante igual que sus labios, igual que sus "te amo."

Prefiero la cercanía de la oscuridad con mis ojos cerrados, ¿podrá, acaso, asaltarme la memoria de su cuerpo, sus pasos, y sus gestos que tanto amo?, ¿será como el diablo?, si digo su nombre ¿aparecerá ante mí? De todas formas, no consigo decirlo, y en frustración o desilusión, suspiro.

Tal vez sea como la muerte, si dejo de moverme quizás venga por mí.

Es inútil, todo es inútil. Creo que el calor se siente más si no me muevo. Quizás debería quitarme la playera de una vez. Quizás ya debería ir a nadar en la playa. Pero no, algo me aferra a quedarme. Además, tendría que levantarme para quitarla, y no tengo fuerzas para eso. En cambio, ayudo al flujo de aire a envolverme en bocanadas cada vez que agito mi playera. Una seguridad tonta me dice que eso ayudará, pero es cansado ayudar al viento a hacer su trabajo y yo tengo mejores cosas que hacer.

Traigo mi mano izquierda de vuelta a donde debe estar, en la pantalla de mi celular. Definitivamente tener el brazo totalmente extendido para sostener el celular lo más lejos posible de mis retinas es una idea tan mala como estar deslizando entre fotos de conocidos y desconocidos tratando de encontrar al menos una foto suya. De todas formas, eso no sucede, no encuentro ninguna publicación. Tampoco hay notificaciones de mensajes suyos.

Esto es desgastante, ¿por qué sigo haciéndolo? Es obvio que ya no me ama, aunque al menos quisiera saber el porqué. Es decir, ¿fue mi culpa?, ¿me excedí en dar amor?, ¿mi cariño fue asfixiante? Podría ser, pero ¿y si alguien más llegó para destruir lo que teníamos? ¿Fue real lo que tuvimos? Tal vez solo estoy pensando demasiado las cosas…

¿Y si tuvo un accidente muy grave y olvidó cómo escribir o hablar? No, no. Eso es muy drástico. Tal vez solo le robaron el celular.

Solo espero que esté bien.

Mis brazos están entumecidos, creo que los dejaré descansar. Los dejo doblados sobre mis costillas que se sienten, en mi opinión, muy salidas. ¿Eso es normal? Cierro mis ojos para sentirlas mejor. A lo lejos se escuchan las risas de los bañistas, pero es rápidamente opacado por el rítmico sonido de las olas. Me gusta. Es como una melodía que relaja y hace querer estar ahí entre ellas.

Empiezo a imaginar que las sábanas son el mar y tan lento como puedo empiezo a saborear la sensación del lino en mis piernas; se siente tan fresco y agradable. Esto es vida, ya nada podría ser mejor. Nada, excepto que estuviéramos juntos. Deberíamos estar juntos. Hemos vivido tantas cosas, ¿por qué no vivir muchas más? Es mi único deseo en estos momentos.

Me detengo y retengo el aire en mis pulmones para no dejar escapar ni una pizca de vida. Abro los ojos súbitamente y encuentro un punto fijo en el blanco níveo del techo. ¿Es mi imaginación o hay una mancha roja en el techo? Oh, rojo, como el color de sus labios después de comer las paletas de grosella que tanto le gustan en verano. Oh, sus labios; puedo verlos en esa mancha roja en el techo. Escucho con claridad un "te amo." ¿Será uno suyo o la canción de Franco de Vita que no he podido sacarme de la mente?

Cierro los ojos para aclarar un poco mis pensamientos, pero no ayuda mucho. Nunca lo ha hecho. Aún veo sus labios, y ahora su rostro y poco a poco esa cara va teniendo cuerpo. El mismo cuerpo que reconozco y podría reconocer en cualquier parte, en cualquier momento. Ojalá estuviera aquí, disfrutando de una vida juntos.

Siento mis propios labios arrugarse en preparación para que el aire salga a decir su nombre como una confesión accidental pero sanadora, pero lo único que consigue crear es un suspiro que fácil se podría traducir como un beso no dado con la esperanza de que el viento y la brisa amablemente se lo hagan llegar.

Permanezco en total quietud tratando de aprisionar todos los recuerdos, todo lo que quisiera revivir, lo que nunca debió acabar.

Pero todo es una tortura. Hace calor y muevo mi playera para refrescarme. Es inevitable preguntarme ¿hasta cuándo va a parar?

17 DE AGOSTO: DÍA DEL COLUMPIO

Tras ser descubiertos en la era de la Tinta, el Rey Sempronio III los concibió como vehículos para viajes espaciales. Específicamente para llegar a la luna en una especie de catapulta impulsada.

Después de las pruebas del Rey Sempronio III, la Reina Margarita de Aster decidió utilizarlas como herramientas de práctica para la milicia en técnicas de combate aéreas y marítimas. Una vez que la reina trajo paz que perduró por generaciones, el uso de los columpios en las tropas de guerra se volvió obsoleto.

En la era de la lluvia seca estalló la guerra silenciosa en la que todos los mimos luchaban los unos contra los otros por el título del más "Callado como una Tumba." Se recuerda como una guerra tormentosa y traumática para todos aquellos que fueron testigos de ella. Muchos inocentes perdieron la vida por hablar o hacer ruido en frente de los mimos.

El 17 agosto del último año de la era, Memo el Mimo y Renato el Caricato vieron un columpio abandonado afuera de un edificio en ruinas y ambos corrieron para apoderarse de él. Memo el mimo logró sentarse y en una rabieta, Renato el Caricato lo empujó hacia adelante y al notar que volvía, lo hizo una y otra vez hasta que ambos estallaron en carcajadas. Primero ellos, y luego aquellos que estaban más cerca, y finalmente todos los demás. Todos los guerreros en blanco y negro no solo detuvieron la lucha, ¡estaban usando sus voces después de años de no hacerlo!

Pronto el ejército de mimos empezó a desenterrar columpios abandonados y a reír sin parar como si muchos no hubieran muerto poniendo fin de esta forma a la guerra.

Fue en el año 8 de la era del Cuervo cuando la reina Jemima instauró el 17 de agosto como el Día del Columpio recordando la participación de este instrumento que trajo paz a las naciones nuevamente.

En su discurso inaugural la reina dijo: "No sólo hemos llegado a la luna o a conquistar el mar y el cielo en combate. Hemos llegado al centro del corazón humano. Lo sucedido en la guerra silenciosa es algo que aún nos duele como nación, pero fue algo que nos abrió paso a un gozo mayor. Porque un columpio es un puente a la unidad, es la herramienta hacia la paz y es el símbolo de la felicidad."[1]

Cada año desde entonces, todos festejan este día con familiares y amigos compartiendo momentos en los columpios. Se recrean escenas de ese momento sublime, se declaman poemas dedicados a este noble artefacto y se disfruta cada momento porque de eso se trata este día, ¿no es así?

---

[1] Jackson, Finn. *Ensayos de Paz y Guerra en el Rakzavi.* Alexandría, Vientos del Suroeste, 1993.

EL AMOR DE MI DÍA

Por la mañana apareció en la aplicación y no pude hacer otra cosa más que comentar cuan hermoso se veía en su foto.

Él me respondió con esa ternura que tanto parecía caracterizarle.

Durante la mañana y al mediodía las estrellas se alineaban a nuestro favor: nos estábamos enamorando.

Al caer la tarde consideré que era prudente asegurar nuestro futuro juntos. Le hice la gran pregunta y él, con dulzura, propuso que habláramos por teléfono.

Algo iba a suceder y debía prepararme, así que tomé una siesta.

Desperté una hora más tarde de lo acordado y tenía una llamada perdida de él.

Me disculpé por la demora y avisé que ya estaba lista.

Empezamos la llamada hablando de lo bonito que es la vida y lo bonito que es él. Sin embargo, nos estábamos desviando mucho del tema, por lo que insistí en volver a él. Después de hacer una pausa grande para pensar, vino como vómito de su boca lo que más temía: "No estoy buscando una relación seria," dijo él, "solo quiero hacer amigos."

Sentí que moría por dentro. Me estaba terminando, ¡y

por teléfono! No podía quedarme callada, así que tuvo que escucharme. Le dije todas sus verdades, aunque no conocía muchas. Y, como cereza del pastel, lo comparé con mi ex. No dijo nada, pero sé que le dolió. Le dije que no podíamos ser amigos. Le deseé lo mejor y colgué.

Fue muy doloroso, pero sé que me recuperaré. Mañana será un nuevo día, un nuevo amor.

EL OLMO QUE QUERÍA SER PERAL

Tenía la suficiente edad para producir frutos cuando empezaron a pedirles peras. En un comienzo, con amabilidad les decía que no tenía peras pensando que quizás la gente creía que había recogido o comprado, como si un árbol pudiera hacer esas cosas. Después reflexionó que tal vez se las pedían porque se confundían de árbol, pero pronto descubrió que solo lo hacían para fastidiar, lo cual le pegó directo a su orgullo.

Se esforzó por dar peras de manera natural, pero al ver que era imposible decidió invertir todos sus ahorros en ver a los especialistas en la materia y someterse a tratamientos de injerto, intervenciones de ADN y procedimientos transgénicos, pero todo fue en vano. Sin embargo, no pensaba rendirse tan pronto.

En su desesperación y con el poco dinero que le quedaba, compró unas cuantas peras y las colgó en sus ramas, pensando que esta sería su victoria y su manera de callar a todos aquellos que se burlaban por no dar lo que le pedían.

Todos se sorprendieron al ver semejantes frutos colgando del Olmo, pero no duró mucho el efecto. Tan pronto como empezaron a tomar las peras, descubrieron las etiquetas con el código de barras con las que habían salido del supermercado y descubrieron el engaño.

A partir de ese día, las burlas se intensificaron y el rumor se corrió para no volverle a pedir peras al olmo por vergüenza ajena.

Moraleja:
Aunque el olmo se vista de peras, olmo se queda.

NATURALEZA CUBISTA

La madre naturaleza, cansada por su labor de los últimos millones de años, decidió darse un tiempo para ella misma e invertir en su crecimiento personal y educación; por lo que decidió entrar a la universidad a estudiar historia del arte. Siempre le había llamado la atención la manera en la que los humanos utilizaban los colores y formas para tratar de reproducir de cierta manera todo aquello que ella les daba.

Descubrió que era increíble la versatilidad de la creatividad humana para crear lo mismo de maneras diferentes. Todas las corrientes artísticas eran hermosas a su manera. Pero ninguna tocó su corazón tanto como el cubismo.

Se enamoró del trabajo de Piet Mondrian, Marie Laurencin, y algunos otros. Picasso le llamaba la atención, aunque no era su favorito. Quiso hacer algo respecto a su nuevo amor por el arte cubista y se dio cuenta de que ella tenía la tendencia de garigolear y exagerar en muchas de sus creaciones, y también a usar muchas líneas curvas. Tenía que probar algo distinto.

Empezó a crear flores con pétalos triangulares, mariposas con alas en forma de cuadriláteros, árboles de hojas rectangulares y frutos prismáticos, entre otras cosas.

Al hacer todo esto, se divertía como nunca y se sentía libre tras todo el tiempo de estar haciendo lo mismo una y otra vez con apenas algunas variaciones. La madre naturaleza jamás se había sentido tan joven.

De un momento a otro, creó una comunidad de seguidores en internet que gustaban de sus obras y reposteaban sus publicaciones en redes sociales. Fotógrafos exhibían en todas partes del mundo la belleza de sus creaciones y muchos otros conseguían maravillosas piezas originales para cultivarlas en sus jardines. Si tenía *haters*, ella no los conocía pues su experiencia le había enseñado que no porque alguien tiene una opinión distinta se invalida la tuya. Todos los comentarios negativos, ella los usaba como críticas constructivas.

Se sentía segura de lo que hacía, pues era buena haciéndolo y nada podía hacerla desistir de su decisión de convertirse al cubismo. Hasta que conoció a un grupo de personas que aseguraban que la tierra era cúbica.

Alguna vez quiso enfrentarlos y refutar sus argumentos, pero el simple hecho de escucharlos le producía dolor estomacal. A ella le había tomado eones enteros en hacer un hermoso planeta esférico, aunque le haya quedado un poco ahuevado, No quería discutir con ellos, pero estos no paraban de hablar y el dolor de estómago era tan punzante en ella que si continuaban iban a lograr que vomitara la comida de los últimos siglos, así que les dio la razón y se retiró.

Aquella noche, mientras veía cómo el mundo se iba a dormir, recordó lo mucho que amaba los círculos y las líneas curvas. A pesar de que era cansado hacerlo, esa era su especialidad y amaba hacerlo, aunque también amaba el cubismo.

Llegó el alba, y vio salir el sol redondo y amarillo, y con un suspiro decidió que volvería a hacer las cosas como antes y dejaría que los humanos interpretaran sus creaciones como quisieran.

BEBIDA HIDRATANTE EN LAS MONTAÑAS

¿Alguna vez te ha pasado que te despiertas con una gran necesidad de orinar que parece que ni siquiera podrás llegar al baño? Supongo que es normal en todos los humanos. Sin embargo, aprendí por amarga experiencia que no somos la única especie a la que le pasa.

La primavera estaba llegando al hermoso estado de Utah y todo el mundo estaba animado a despedirse del frío invernal. Como es de esperarse en una ciudad como Provo, la actividad favorita para recibir la primavera es escalar las majestuosas montañas. Era mi primera primavera ahí, por lo que debía intentarlo también.

El domingo, de manera muy repentina mientras hablaba con mi amigo Frederic, me invitó a acampar en el Timpanogos, que es la mujer dormida de los nativos de Utah y está al norte de la ciudad; mientras tanto, Robert me había dicho que fuera con sus amigos y él a escalar las montañas Range que quedaban a tres cuadras de nuestro departamento el lunes por la mañana ya que era día festivo y no habría clases. No podía decir que no a ninguna de esas aventuras, así que ideé el plan perfecto para lograr acompañar a ambos. Si iba con Frederic el domingo y regresaba en la madrugada del lunes, tendría tiempo suficiente para prepararme y acompañar a los chicos. Era un plan estupendo y estaba confiado en que funcionaría, por lo que me fui a acampar con Frederic con la confianza de que escalaría las montañas al día siguiente.

El campamento fue una experiencia divertida. Llegamos un poco tarde a nuestro lugar de campamento y nos instalamos lo más rápido que pudimos para no nos agarrara la noche antes de tiempo. Lo que si nos agarró justo cuando estábamos tratando de encender la fogata fue la lluvia. Sin embargo, logramos encenderla después de unos cuantos litros de alcohol en gel y mucha obstinación. Frederic llevó una parrilla y pollo marinado para una barbacoa estilo Taiwán, y aunque estaba un poco mojado todo, nos supo exquisito. La noche fue tranquila, conversamos por horas, y solo cuando sentimos que ninguno podía mantener los ojos abiertos, nos fuimos a dormir.

La primera parte del plan se había logrado con éxito, ahora era momento de llegar a tiempo para alcanzar a los chicos para la caminata. Despertamos con una mañana fresca y sin lluvia. Los paisajes en el Timpanogos eran hermosos y nos tocó ver muchos venados andar por ahí. Antes de levantar el campamento, tomamos unas cuantas fotos y limpiamos el área. Bajamos de la montaña alrededor de las 8 am, la cual no era tan mala hora, pero ya era un poco tarde. Creí que Timpanogos estaba más cerca, pero me equivoqué. Llegamos a mi departamento y Robert ya no estaba. Supuse que si me apresuraba de seguro los alcanzaría. Preparé unos huevos revueltos para desayunar, metí una botella de 500 ml de agua en mi mochila junto a un durazno y una manzana y salí corriendo. Así comencé el camino cuesta arriba de las montañas.

Había muchas personas al principio del camino, y era de

esperarse puesto que todos querían aprovechar el sol en este día libre de primavera. Era mi primera vez en el lugar, así que todo era nuevo y magnifico para mí. Pasando los primeros 500 metros, encontré una pequeña fuente donde todos llenan sus botellas y que al parecer bajaba directamente del deshielo de la cima. Yo traía mi botella llena y además no quería tomar agua porque no quería llenarme de líquido o tener que detenerme a orinar. Seguí el camino con la idea fija de alcanzar a los chicos y suponiendo que habría más de esas fuentes en los próximos kilómetros.

Avance algunos kilómetros y dejando atrás algunas montañas (no olvidemos que es una especie de cordillera) y mientras lo hacía, iba bebiendo el agua de manera dosificada para no terminarla, y mucho menos ahora que sabía que no había de esas fuentes en ninguna otra parte del camino. Me dio hambre, así que me senté al lado del camino, sobre un tronco cortado y me devoré el durazno. Estaba tan dulce y jugoso y tenía tanta hambre que hasta me chupe el jugo que rodó por mis brazos. Fue volver a la vida. Pero fue en ese momento donde descubrí que ya había bebido un poco más de la mitad del agua y aun no encontraba a los chicos. La verdad es que después de ver las horas que habían pasado y lo mucho que ya había avanzado, me empecé a hacerme a la idea de que ya no los encontraría. Decidí llevármela más tranquila y disfrutar más. También quería probar qué tan lejos iba a llegar. Al final de cuentas estaba en medio de una aventura ¿no es así?

Llegué a una zona donde había varias mesas de picnic y muchas personas. No me molesté siquiera en ver si acaso estaban ahí, y tampoco quise perder mucho tiempo en esa zona donde hasta los niños podían llegar sin problemas. Hubo algo que me hizo detenerme un poco en la tabla de anuncios en esa zona. Era una hoja enmicada con la palabra "advertencia" en letras grandes y la silueta de un oso. Según el papel, los osos estaban activos en esa zona, así que podía ser probable que me topara con uno, pero si había personas todavía en esa área, la probabilidad se hacía remota. Avancé un poco más y me senté a un lado del camino a comer mi manzana y a beber la poca agua que me quedaba. Sabía que mi aventura estaba por terminar ya que no tenía provisiones para continuar, pero puedo ser muy testarudo a veces, así que llegaría hasta donde mis piernas y mi garganta lo permitieran.

Al cabo de un par de kilómetros más, estaba llegando a la cima más alta y cercana en las montañas Range. Al ser inicio de primavera, había pequeños montículos de nieve aún por derretir, así que decidí hacer una pequeña bola de nieve para succionar como si fuera un raspado sin sabor antes de que me volviera a deshidratar. Subí aún más la montaña donde, según una familia que iba en una camioneta de tracción, nadie llegaba hasta ahí a menos que fuera en un vehículo motorizado. Para mí no era suficiente, necesitaba irme a donde nadie había llegado. Para este punto del día yo ya me sentía uno con la naturaleza. La lluvia del día anterior me había bañado, el humo de la fogata me había perfumado, el sudor me estaba refrescando y ahora estaba tomando agua de la forma más orgánica posible. ¿Qué más podía pedir para que esta aventura estuviera completa?

Seguí mi camino a un punto donde no había nadie a mi alrededor. Mis piernas se estaban agotando y cada vez me daba más hambre y sed. Sentía que ya había logrado mi objetivo, pero no quería darme por vencido aún. Solo debía encontrar provisiones de alguna forma por lo que me salí del camino para buscar al menos un poco de nieve.

Como una revelación del sol de primavera, encontré una pequeña pila de nieve en medio de un claro, y como si no hubiera tomado agua en días, corrí por una bola de nieve sin importarme nada. Me agaché y succioné nieve como fiera silvestre. Tan pronto como tocó mi lengua, todo mi cuerpo reaccionó y si acaso hubiera comido más que solo un durazno y una manzana, mi estómago hubiera devuelto eso también. Fue ahí cuando me di cuenta del color amarillento y el olor intenso que tenía la nieve. No pude evitar pensar en lo que había metido a mi boca. No había ningún animal muerto por ahí, así que al menos no era eso. Debía ser algo desagradablemente natural. Muy probablemente orines, pero no había humanos cerca y era muy intenso el olor, debía ser fresco; además era muy abundante por lo que debía ser de un animal de tamaño considerable. Entonces, recordé el cartel en la tabla de anuncios y tal vez fue la pipí o el hambre, pero creo haber visto huellas de animal. Honestamente no quise indagar si acaso algún osito había despertado de su gran hibernación para hacer del baño en el fresco de la nieve. Con esto supe que era momento de descender y volver con los humanos.

Mientras descendía, busqué todas las oportunidades para enjuagarme la boca con el agua del río del deshielo, pero era imposible no pensar en todos los animales que quizás habrían orinado en ese río. Me contuve de volver a vomitar y traté de bajar lo más pronto que pude. Volví a pasar por todos los hermosos paisajes que tanto me habían cautivado de subida, pero esta vez solo quería volver a mi departamento, tomar una ducha y disfrutar de los beneficios y tecnologías del siglo XXI, por ejemplo, un retrete.

A pesar de todo, fue una experiencia muy buena el pasar un fin de semana a la intemperie conectando con la naturaleza a un nivel muy sensorial. Creo que mi amor por la naturaleza y mi respeto por aquellos que de verdad viven para estar en la naturaleza aumentaron después de esos días. Sin duda jamás olvidaré las lecciones que me llevé de esa aventura, especialmente la de llevar suficiente agua para evitar la bebida hidratante que te ofrecen en las montañas.

MISIÓN FALLIDA

Ahora que sabía toda la verdad, era necesario huir. Sabía claramente en lo que se estaba metiendo, y aun así decidió seguir las huellas del cartel del Nilo. Le costó ocho vidas poder desmantelar todo el plan de estos terroristas. Esta era la última vida de Michifuzammed y no pensaba perderla.

«Necesito contárselo a alguien, pero nadie me creerá si lo hago», pensaba el agente de Bastet. «Tal vez debo dejarle un mensaje anónimo a la guardia de la reina Karentiti I y después huir del país. Cambiar mi identidad y mi pelaje.» Así lo hizo.

Así iba triunfal Michialel, nombre que escogió para sí mismo, en un barco hacia su nueva vida. Pero vio algo brillante en el fondo del mar, y su curiosidad pudo más.

RESEÑA DE UNA ESTRELLA

Pablo Simplón se levantó muy temprano aquella mañana. Se cepilló los dientes y se lavó la cara, aunque no se la secó. Fue a la cocina, pero no terminó de untar la mermelada en su pan tostado antes de devorarlo. Tenía prisa en encender su computadora y regodearse en su éxito.

Recientemente había empezado a trabajar para un sitio web que se dedicaba a hacer reseñas, y su primera asignación era escribir acerca de la nueva película "Sangre Cremosa en la Ciudad" la cual se trataba de un hombre que era lechero de día, pero vampiro de noche. Era la peor película que haya visto y había mucho que decir. Estaba seguro de que iba lograr convencer a las personas a ahorrarse ese dinero e ir al parque o a cualquier otro lugar.

Terminó de atragantarse con el pan tostado y apenas dio un sorbo de jugo antes de abalanzarse sobre la computadora. No ha existido nadie con tanta prisa como Pablo Simplón aquel día. Estaba emocionado, o quizás nervioso. ¿Qué dirían sus amigos y familiares cuando se enteraran que su reseña había sido todo un éxito? Tal vez no tendrían que decir nada porque seguramente ellos ya la habrían leído.

La conexión de internet estaba muy lenta y sintió unas

inmensas ganas de golpear la máquina para ver si eso la apresuraba. No podía contenerse. Se levantó de su silla dando brincos para que el tiempo pasara muy rápido. No cabía la menor duda de que esta obra lo catapultaría al periodismo de verdad y, quién sabe, quizás a volverse un autor reconocido.

La ventana de la reseña por fin apareció ante él y talló los ojos antes de mover el ratón para visualizar los comentarios.

Este día marcaría el comienzo de una nueva era para él.

Había alrededor de setenta comentarios y todos marcaban una estrella. Había hecho un buen trabajo.

Entonces empezó a leer y descubrió que todos los comentarios se parecían:

"Pésima reseña."

"¿Quién le dijo a esta persona que podía escribir?"

"Es la peor reseña que he leído en mi vida?

"Esta reseña es tan mala, que definitivamente iré a ver la película."

"Qué vergüenza sería tener a esta persona en mi familia que no sabe hacer bien su trabajo"

Mientras leía ese último comentario que estaba seguro fue escrito desde la cuenta de su mamá, Pablo recibió una llamada con la cual fue despedido de su recién empezado trabajo.

Sintió náuseas, pero era porque su gato se hizo del baño junto a él y apestaba. ¿Ahora que iba a hacer?

Los meses pasaron y "Sangre Cremosa en la Ciudad" se convirtió en una película de culto, ganando muchos premios, no los populares, pero sí muchos. Para ese entonces, Pablo Simplón vivía al día, tratando de sobrevivir en su miseria no solo económica, también la que le produjo la idea de que era un mal escritor. A pesar de todo el caos que estaba viviendo en esos momentos, seguía creyendo en sí mismo y seguía fiel a su idea de que el culpable había sido el filme y no su reseña. Al ver hasta a donde había llegado el motivo de su ruina, decidió volver a tomar el lápiz y el papel y dedicarse a escribir guiones de películas tan malos como su reseña pero que ganarían premios en el futuro muy lejano.

ACERCA DEL AUTOR

Si llegaste hasta aquí, ¡felicidades! Eres muy valiente.

Si te gustó lo que leíste, podrías compartirlo con aquellos a quienes amas y a los que no amas también ¿por qué no?.

Si quieres comunicarte con el autor para felicitarlo, decirle que escriba más textos así, o si quieres compartir con él una teoría conspirativa, un chiste, un chisme, alguna queja o solo saludar, deberías considerar escribirle a

cactusaufromage@gmail.com

www.ingramcontent.com/pod-product-compliance
Lightning Source LLC
LaVergne TN
LVHW040948150826
845672LV00002B/596

* 9 7 9 8 8 4 6 4 5 5 4 0 5 *